AF636579

DRESSLER

Sabine Ludwig

Die fabelhafte Miss Braitwhistle

Mit Illustrationen von
Andrea Stegmaier

Dressler Verlag · Hamburg

ClimatePartner
zertifiziertes Produkt
climate-id.com/AWI2MU

MIX
Papier | Fördert
gute Waldnutzung
FSC® C014496
FSC
www.fsc.org

Neuausgabe
4. Auflage
© 2022 Dressler Verlag GmbH, Max-Brauer-Allee 34, 22765 Hamburg
Alle Rechte vorbehalten. Vorbehalten sind ausdrücklich auch alle Rechte für ein Text und Data Mining, KI-Training und ähnliche Technologien.
© Originalausgabe: Dressler Verlag GmbH, Hamburg 2011
© Text: Sabine Ludwig
© Titelbild und Innenillustrationen: Andrea Stegmaier
Satz: Sabine Conrad, Bad Nauheim
Druck und Bindung: GGP Media GmbH,
Karl-Marx-Straße 24, 07381 Pößneck, Deutschland
Printed 2026
ISBN 978-3-7513-0035-3

www.sabine-ludwig-berlin.de
www.dressler-verlag.de

INHALT

1 Frau Taube bekommt einen Nervenzusammenbruch 7
2 Hugo hängt fest 14
3 Miss Braitwhistle steht kopf 21
4 Rutsch mir doch den Buckel runter! 34
5 Wo ist der Klavierschlüssel? 48
6 Herr Pommerenke quakt rum 57
7 Die Elbe ist ein langer Fluss 67
8 Im Schrank niest einer 75
9 Ein Pferd kommt zum Tee 86
10 Backen auf Englisch 99
11 Ein Sprungtuch ist kein Trampolin 112
12 Der Bademeister frisst keinen Besen 120
13 Wir gehen in die Luft 135
14 Hugo versteht keinen Spaß 147
15 Der traurigste Hund der Welt 152
16 Herr Fischli wird laut 165
17 Der neue Hausmeister beißt nicht 177
18 Rache ist Blutwurst 192
19 Eine stinkende Hausaufgabe 197

1

FRAU TAUBE BEKOMMT EINEN NERVENZUSAMMENBRUCH

Ich mag unsere Schule, obwohl sie schon ganz alt ist. Es gibt zwei Eingänge, über dem einen steht *Jungen*, über dem anderen *Mädchen*, aber es ist immer nur der für die Mädchen geöffnet, und natürlich gehen auch wir Jungs da durch, obwohl mein Freund Aki sich mal eines Morgens auf die Treppe gesetzt und gesagt hat: »Ich weigere mich, durch eine Tür zu gehen, über der ›Mädchen‹ steht.« Das war aber nur, weil wir an diesem Tag eine Grammatikarbeit schreiben sollten, und wenn Aki etwas nicht leiden kann, dann ist es Grammatik. Er hatte aber nicht mit Herrn Pommerenke gerechnet, das ist unser Hausmeister. Der ist gekommen, hat sich Aki einfach unter den Arm geklemmt und ist mit ihm die Treppe hoch und durch die Tür. In die Klasse hat sich Aki aber nicht von ihm tragen lassen, das wäre ihm dann doch zu peinlich gewesen.

Außer Herrn Pommerenke gibt es nur noch einen Mann

an unserer Schule, nämlich Herrn Fischli, das ist der Direktor. Herr Fischli ist Schweizer, daher hat er seinen lustigen Namen, er selbst ist aber überhaupt nicht lustig. Meine Mutter wundert sich immer, wie einer freiwillig aus der Schweiz nach Deutschland kommen kann, wo in der Schweiz doch alles viel größer, schöner und leckerer ist als bei uns: die Berge, die Häuser und die Schokolade. Vor allem die Schokolade. Aber Annalisa meint, die Frau von Herrn Fischli sei von der Schweizer Schokolade so dick geworden, dass sie nicht mehr laufen konnte, und die einzige Rettung für sie sei gewesen, in ein Land zu ziehen, wo es keine so gute Schokolade gibt. Also, richtig schlecht ist unsere Schokolade ja nun auch wieder nicht.

Hugo sagt, das sei sowieso alles Quatsch, Herr Fischli ist zu uns gekommen, weil er eine Allergie gegen Berge hat. Und Hugo muss es wissen, der hat nämlich auch eine Allergie, und zwar gegen fast alles. Wenn Herr Fischli allergisch gegen Berge sein sollte, ist er bei uns genau richtig, denn Berge gibt's hier keine. Aber irgendwie scheint Herr Fischli der Schweiz doch nachzutrauern, denn keiner von uns hat unseren Direktor je lachen sehen. Und lächeln tut er nur, wenn er bei der Einschulungsfeier die Eltern von den neuen Kindern begrüßt, aber es sieht immer so aus, als täte es ihm weh.

Außer Herrn Fischli, der nicht nur der Direktor, sondern auch Sport- und Mathelehrer ist, gibt es nur Lehrerinnen an der Schule. Vielleicht hat Herr Fischli deshalb nichts zu lachen.

Die älteste ist Frau Klawitter, unsere Musiklehrerin. Als wir die erste Stunde bei ihr hatten, hat sie gesagt: »Ich bin Frau Klawitter. Meinen Namen könnt ihr euch ganz leicht merken: Klavier, auf dem spiele ich, und Gewitter gibt's, wenn ihr euch nicht anständig benehmt.«

Ich glaube nicht, dass wir uns jemals in einer Musikstunde anständig benommen haben, trotzdem warten wir vergeblich auf das Gewitter.

Frau Klawitter sitzt immer mit dem Rücken zu uns am Klavier, spielt etwas vor, und wir sollen die Noten aufschreiben. Das kann keiner von uns, nicht mal Clemens, dabei kann der sonst alles, sogar Klavier spielen. Anstatt also Noten aufzuschreiben, machen wir alles Mögliche, aber sie merkt es nie, sondern fragt andauernd: »Seid ihr so weit? Habt ihr's?« Aber bevor einer antworten kann, spielt sie schon weiter.

Erst haben wir uns gewundert, warum sie nicht mitkriegt, was wir hinter ihrem Rücken treiben, bis Pauline gesehen hat, dass sie am Anfang der Stunde immer an ihrem Ohr rumfummelt. Das macht ihr Opa auch oft, und jetzt wissen wir, dass Frau Klawitter ein Hörgerät hat, das sie jedes Mal abstellt, wenn sie bei uns Unterricht hat.

Unsere Klassenlehrerin heißt Frau Taube, und ihre Ohren sind ganz in Ordnung, obwohl sie immer meint, dass sie von unserem Geschrei noch taub wird. Wir haben dann eine

Zeit lang »Frau Taub« zu ihr gesagt statt »Frau Taube«. Das fand sie aber gar nicht lustig.

»Wenn ich einen Nervenzusammenbruch bekomme, dann seid ihr schuld!«, sagt sie oft. Oder: »So eine schreckliche Klasse hatte ich noch nie. Der reinste Albtraum!«

Wir nehmen das nicht ernst, denn Hennis großer Bruder hatte sie auch schon, und da hat sie genau dasselbe gesagt. Man muss aber zugeben, dass Frau Taube wirklich schwache Nerven hat, denn als Aki neulich in der Deutschstunde einen Chinaböller angezündet und ihr unter den Stuhl geworfen hat, ist sie schreiend aufgesprungen und aus der Klasse gerannt.

Wir haben dann allein weitergemacht. Pauline hat so getan, als sei sie die Lehrerin, und wie wild mit dem Zeigestock rumgefuchtelt. Annalisa wollte auch Lehrerin sein, aber Pauline wollte ihr den Zeigestock nicht geben. Sie hat am einen Ende gezerrt und Annalisa am anderen. Pauline ist das größte Mädchen der Klasse, aber Annalisa hat die spitzesten Schuhe. Sie hat versucht, Pauline damit in den Bauch zu treten, aber das ging nicht, denn dann hätte sie ja den Zeigestock loslassen müssen. Wir haben schon Wetten abgeschlossen, wer gewinnt, nur Max nicht, der hat schnell ein paar von Paulines Schokodrops geklaut, von denen sie ihm nie was abgeben will. Es stand die ganze Zeit unentschieden, und schließlich ist Aki gekommen und hat den Zeigestock in der Mitte durchgebrochen. Was natürlich gut war, weil Pauline und Annalisa nun jede einen eigenen hatten. Aber genau in diesem Augenblick kam Herr Fischli in die Klasse und sah noch trauriger aus als sonst. Er wurde auch nicht fröhlicher, als er ein Trinkpäckchen an den Kopf bekam, das Henni eigentlich in den Papierkorb neben der Tür werfen wollte. Immerhin war es fast leer, und es ist auch nur ein bisschen Saft rausgespritzt.

Herr Fischli hat sich den Saft von der Stirn gewischt und gefragt, wo unsere Lehrerin ist.

Hugo hat sich gemeldet. »Frau Taube hat gemeint, sie bekommt gleich einen Nervenzusammenbruch, und ist rausgegangen.«

»Aha«, hat Herr Fischli gesagt. »Dann nehmt jetzt bitte eure Hefte und schreibt –«

Er konnte nicht sagen, was wir schreiben sollten, denn Frau Taube ist zurückgekommen. Sie war immer noch rot im Gesicht, aber als sie den Direktor gesehen hat, wurde sie weiß.

»Entschuldigen Sie bitte, ich wollte nur … ich musste …«

»Aufs Klo!«, rief Aki laut. Und die ganze Klasse hat gelacht. Nur nicht Herr Fischli, und Frau Taube auch nicht.

»Ich wollte Ihnen nur mitteilen, dass am Montag der Schulinspektor kommt und in der ersten Stunde am Unterricht der 4a teilnehmen möchte«, hat Herr Fischli gesagt, und Frau Taube ist noch weißer geworden. Sie hat sich am Pult festgehalten, und wir dachten, gleich kippt sie um. Aber Herr Fischli hat ein Glas genommen, es mit Wasser gefüllt und ihr gegeben. Es war zwar ein Tuschglas und nicht ganz sauber, aber sie hat es trotzdem getrunken.

Herr Fischli ist dann schnell gegangen, ich glaube, er hatte keine Lust auf eine umgekippte Frau Taube.

»Was ist ein Schulinspektor?«, hat mich Aki gefragt.

»Ist der von der Polizei?«, wollte Max wissen und hatte ganz dicke Backen von den geklauten Schokodrops.

»Von der Schulpolizei«, hat Hugo gesagt. »Und der wird euch alle verhaften.«

Max hat sich vor Schreck verschluckt und so gehustet, dass die Schokodrops in alle Richtungen flogen und einer

Aki an den Kopf. Dafür wollte Aki Hugo eins auf die Nase geben, denn der war ja schuld, aber Hugo hat seine Brille festgehalten und gesagt: »Das erzähle ich am Montag alles dem Inspektor, und dann kommt ihr ins Gefängnis.«

Frau Taube hat gar nichts mehr gesagt, sondern wie eine Verrückte die Tafel gewischt, obwohl eigentlich Molly Tafeldienst hatte, aber die ist so klein, dass sie die Tafel immer nur zur Hälfte wischen kann. Molly hat eine Zwillingsschwester, die heißt Polly. Die beiden sehen sich aber überhaupt nicht ähnlich. Molly ist klein und dick, und Polly ist groß und dünn. Trotzdem haben sie immer das Gleiche an. Aber nur aus Angst, die eine könnte was haben, was die andere nicht hat. Einmal hatte Polly ein Loch in ihrem Socken, da hat Molly so lange mit dem dicken Zeh in ihrem Strumpf gebohrt, bis sie auch eins hatte. Wir nennen Molly und Polly die Puppenzwillinge, weil sie immer ihre langweiligen Puppen dabeihaben. Die Puppen haben auch immer das Gleiche an.

»Ist der Inspektor nett?«, hat Polly gefragt.

»Genau, ist der Inspektor nett?«, wollte auch Molly wissen. Sie sagen auch immer das Gleiche.

»Der ist bestimmt nicht nett«, hat Hugo gesagt. »Der ist ja von der Polizei, und da darf man nicht nett sein.«

Wir haben überlegt, ob der Schulinspektor vielleicht Handschellen mitbringt oder einen Revolver. Auf jeden Fall haben wir uns richtig auf den Montag gefreut.

Frau Taube aber nicht.

2

HUGO HÄNGT FEST

Am Montag waren wir alle sehr aufgeregt, weil ja der Inspektor von der Schulpolizei kommen sollte.

Als ich mit Aki in die Schule kam, stand direkt hinter der Tür Herr Pommerenke mit einem Lappen.

»Füße hoch!«, rief er, und wir mussten ihm unsere Sohlen hinhalten, damit er sie abwischen konnte.

Der Boden war so blank, dass man sich fast drin spiegeln konnte. Und er war auch glatt wie ein Spiegel. Aki hätte fast die Leiter umgerissen und mit der Leiter Herrn Fischli, denn der stand drauf und nagelte ein Schild übers Lehrerzimmer, auf dem *Lehrer- und Lehrerinnenzimmer* stand.

Für uns war das Schild sicher nicht gedacht, denn wir wissen ja, wo das Lehrerzimmer ist, und unsere Lehrerinnen natürlich auch, es konnte also nur für den Inspektor sein. Herr Fischli hatte bestimmt Angst, der könnte sich sonst verlaufen. Vielleicht hatte er das ja auch schon, denn ein Polizist war nirgendwo zu sehen.

»Franz, Aki, ab mit euch in die Klasse!«, rief uns Herr Fischli von der Leiter aus zu. »Setzt euch auf eure Plätze, und dann will ich keinen Mucks von euch hören. Verstanden?«

Wir gingen in die Klasse, aber wir setzten uns natürlich nicht hin, und so richtig leise waren wir auch nicht.

Hugo hatte von zu Hause Handschellen mitgebracht und fuchtelte damit herum. »Bestimmt hat der Inspektor nur ein Paar dabei, aber das reicht ja nicht für euch alle.«

»Für dich schon!«, hat Aki gerufen und Hugo die Handschellen aus der Hand gerissen. Es machte »klack«, und dann hatte Hugo die eine am Handgelenk, die andere machte Aki am Heizungsrohr fest.

Hugo hat getobt. »Wartet nur, wenn der Inspektor kommt!«

Annalisa hing am Fenster und hat nach Frau Taube Ausschau gehalten. Frau Taube kommt immer über den Hof, weil da auch der Parkplatz ist. Als sie sie gesehen hat, hat Annalisa das Fenster aufgemacht und rausgerufen: »Frau Taube! Frau Taube! Aki hat Hugo an die Heizung gefesselt!«

Hugo hat laut gebrüllt: »Hilfe! Hilfe, Polizei!«

Henni hat an ihrem Trinkpäckchen genuckelt und wie immer nichts kapiert. Und Max hat in aller Seelenruhe sein Frühstück ausgepackt.

Hugo hat an den Handschellen gezerrt und so doll am Heizungsrohr gerüttelt, dass das Ventil abgebrochen ist und jede Menge Wasser rauskam.

Ich hab das andere Fenster aufgerissen und gerufen: »Frau Taube, schnell! Wir werden überschwemmt!«

Und Hugo hat geschrien: »Ich ertrinke gleich!«

Frau Taube ist endlich zum Fenster gekommen, aber genau in dem Moment hat Hugo seinen Finger auf das Ventil gedrückt, und das Wasser ist an der Seite rausgespritzt und hat Annalisa nass gemacht. Die ist vom Fenster weggesprungen, und das ganze Wasser hat Frau Taube abgekriegt. Sie stand erst eine Weile da und wurde immer nasser, dann hat sie sich plötzlich umgedreht und ist über den Hof gegangen, erst langsam, dann immer schneller, und zum Schluss ist sie gerannt, als wäre der Teufel hinter ihr her.

Annalisa hat gleich angefangen zu heulen, aber nicht weil Frau Taube weg war, sondern weil ihre blöde rosa Haarschleife nass gewesen ist und wie eine dünne Schnur an ihrem Kopf klebte.

»Wo will die Taube denn hin?«, hat mich Aki gefragt.

»Vielleicht ruft sie die Feuerwehr?«, hab ich gesagt.

Hugo hat gebrüllt: »Macht mich endlich los!«

»Dann gib mir den Schlüssel«, hat Aki gesagt, und Hugo hat geheult: »Den hab ich zu Hause vergessen.«

In diesem Moment klingelte es, und wir haben uns alle schnell auf unsere Plätze gesetzt, bis auf Hugo natürlich, denn der hing ja an der Heizung.

Herr Fischli hat die Tür aufgerissen: »Was ist denn hier für ein Radau? Ich hab doch gesagt, ihr sollt –«

Aber als er gesehen hat, dass alles voll Wasser war, hat er auf der Stelle kehrtgemacht und ist mit Herrn Pommerenke zurückgekommen. Herr Pommerenke hatte eine Zange und einen Eimer dabei.

Zuerst stellte er den Eimer unter das Rohr, und dann knipste er die Handschellen durch. Das ging ganz leicht, die waren ja echt was für Babys.

»Wo ist eure Lehrerin?«, fragte Herr Fischli, als Herr Pommerenke mit dem durchweichten Hugo verschwunden war.

Ja, wo war unsere Lehrerin? Das hätten wir auch gern gewusst.

»Und was ist mit meiner Schleife?«, hat Annalisa gefragt und noch mehr geheult.

Aber Herr Fischli hat sich nicht für Annalisas Schleife interessiert, er wollte wissen, wo unsere Lehrerin abgeblieben ist. Ich hab mich gemeldet.

»Ja, Franz?«

»Also, Frau Taube ist über den Hof gekommen, wie immer, aber dann hat sie sich plötzlich umgedreht, und …«

»… und dann ist sie weggerannt!«, hat Aki gerufen. »Wir wissen auch nicht, warum.«

Herr Pommerenke kam mit einem sehr schlecht gelaunten Hugo zurück. Kein Wunder, er hatte einen rosa Pulli mit einem weißen Pony und Glitzersternchen drauf und eine viel zu große Hose an. Wahrscheinlich stammten die Sachen aus der Findekiste. Nach Schulschluss sammelt Herr Pom-

merenke alles ein, was so liegen bleibt, und stopft es in eine große Kiste. Wenn man was verloren hat, eine Mütze oder Jacke, dann darf man da nachschauen. Als ich mal meinen Turnbeutel gesucht und in die Kiste geguckt hab, lag da drin sogar eine Unterhose mit Marienkäfern drauf, die nicht sehr sauber aussah, und ein Kuscheltier, bei dem man nicht erkennen konnte, ob es ein Teddy oder ein Hase sein sollte, es hatte nämlich keine Ohren mehr.

»Der Schulinspektor ist jetzt da, Herr Direktor«, hat Herr Pommerenke gesagt.

»Schicken Sie ihn erst einmal in die 4b«, sagte Herr Fischli. »Da bekommt er gleich einen guten Eindruck.«

Aki hat das Gesicht verzogen und geschnaubt. »Guten Eindruck, von wegen!«

Die 4b ist unsere Parallelklasse. B wie brav, sagen die Lehrer – wir finden, B wie blöd. Eine richtige Streberklasse. Noch nicht mal prügeln kann man sich mit denen, solche Langweiler sind das. Bei denen hätte der Inspektor von der Schulpolizei ja nicht viel zu tun.

Annalisa hat aufgehört zu weinen. Sie kann das an- und abschalten wie eine Lampe. »Was sollen wir denn jetzt machen ohne Frau Taube?«, fragte sie Herrn Fischli.

»Nach Hause gehen!«, haben wir gerufen.

Hugo hat sich gemeldet. »Sie können uns doch ein paar Aufgaben geben, Herr Direktor.« Aki hat gegen Hugos Stuhl getreten, und der Stuhl mit Hugo drauf ist umgekippt.

»Wie ich euch kenne, habt ihr bestimmt eure Hausaufgaben nicht gemacht«, sagte Herr Fischli. »Das könnt ihr jetzt nachholen. Ich kümmere mich um eine Vertretung.«

»Ich mach immer meine Hausaufgaben«, meinte Annalisa beleidigt, aber Herr Fischli hörte es nicht mehr, er war schon aus der Klasse.

Natürlich haben wir alles Mögliche gemacht, nur keine Hausaufgaben. Aki zog Hugo wegen seinem Mädchenpullover auf, Max holte aus seinem Rucksack eine Banane, die schon etwas braun war, und aß sie trotzdem. Clemens und ich spielten *Schiffe versenken.* Was die Mädchen machten, weiß ich nicht, das ist ja nie besonders interessant.

Gerade als sich Hugo den Pullover auszog, um ihn verkehrt rum wieder anzuziehen, damit man das Pony und die Glitzersterne nicht sehen konnte, ist die Tür wieder aufgegangen, und Herr Fischli kam herein. Er ist aber nicht allein gewesen. Bei ihm war eine Frau.

3

MISS BRAITWHISTLE STEHT KOPF

Die Frau sah freundlich aus und auch wieder nicht. Sie sah jung aus und auch wieder nicht. Auch ihre Haare waren seltsam. Nicht richtig rot und nicht richtig blond. Sie hat ihre Tasche auf den Lehrertisch gestellt, die Tasche war ziemlich groß und sah aus wie die von meiner Oma. Dann hat sie uns über ihre Brille hinweg prüfend angeschaut. So wie ein Forscher, der gerade ein unbekanntes Insekt entdeckt hat, von dem er noch nicht weiß, ob es giftig ist oder nicht.

Aki hat mich angeschaut, und ich hab Aki angeschaut. »Wer ist die denn?«, flüsterte er.

»Vielleicht die neue Schulzahnärztin«, flüsterte ich zurück. Die alte hatte auch so eine große Tasche und diesen forschenden Blick und hat jedes, auch das allerkleinste Loch im allerletzten Zahn sofort entdeckt.

Doch es war keine Zahnärztin, es war unsere neue Lehrerin.

Herr Fischli hat gesagt: »Darf ich euch Miss Braitwhistle vorstellen? Sie kommt aus England und ist seit heute als Englischlehrerin an unserer Schule. Netterweise hat sie sich bereit erklärt, Frau Taube für heute zu vertreten.«

Und schon war er wieder zur Tür raus und ließ uns mit der englischen Miss allein.

»Wie heißt die?«, hat Annalisa gefragt. »Bratwiesel?«

Sie hatte es nicht laut gesagt, aber die Miss hat es trotzdem verstanden.

»Bratwiesel!«, sagte sie abfällig. »Wasch dir die Ohren, my dear, oder hast du noch nie gehort von William Arthur Brandon Braitwhistle?«

Sie schien ein Problem mit dem Ö zu haben.

Annalisa schüttelte den Kopf.

»Das solltest du. William Arthur Brandon Braitwhistle, Sir William Arthur Brandon Braitwhistle, um zu sein genau, hat erfunden die heiße Wasserflasche. Mein Urgroßvater«, fügte sie stolz hinzu.

Wir wussten nicht, was eine heiße Wasserflasche sein sollte. Aber Clemens, der von uns allen der Klügste ist, hat sich gemeldet.

»Meinen Sie eine Wärmflasche?«

»Warme Flasche, genau!«

Sie schien ein Problem mit dem Ä zu haben.

Die meisten von uns fanden die Erfindung der Wärmflasche nicht besonders beeindruckend, und Hugo rief in die

Klasse: »Aber Alexander Graham Bell hat die Glühbirne erfunden, und das war viel wichtiger!«

Miss Braitwhistle warf ihm einen vernichtenden Blick zu. »Erstens war das Thomas Alva Edison, und zweitens versuch mal, dir mit einer Gluhbirne zu machen warm die Fuße.«

Sie hatte anscheinend auch ein Problem mit dem Ü.

»Bei ›warm‹ mir fallt etwas ein«, sagte Miss Braitwhistle, öffnete ihre Tasche und schaute hinein. Dann zog sie eine

Zuckerdose heraus. Es folgten ein Löffel, eine Untertasse, eine Tasse mit Goldrand und blauen Blümchen und schließlich eine Teekanne.

Wir haben ihr interessiert zugeschaut und waren ausnahmsweise mal still.

Sie stellte die Tasse auf die Untertasse und goss sich Tee ein, der musste sehr heiß sein, denn er dampfte. Dann nahm sie mit dem Löffel ein Stück Zucker aus der Zuckerdose, runzelte die Stirn und nahm schließlich noch eins. »Zucker ist gut for die Nerven.«

»Wir dürfen im Unterricht nicht trinken!«, rief Hugo, dabei hatte das bisher auch keinen interessiert.

Miss Braitwhistle achtete auch nicht auf ihn, sie nahm einen Schluck Tee und sah sehr zufrieden aus. »Sweet, hot and strong. Really perfect«, sagte sie.

Wir haben kein Wort verstanden. Annalisa meldete sich. »Wir haben jetzt aber kein Englisch, Miss!«

Sie kann manchmal genauso besserwisserisch sein wie Hugo.

Miss Braitwhistle beäugte Annalisa, dann schüttelte sie den Kopf. »Ich erinnere mich nicht, dass ich habe dich gefragt, Annalisa.«

Annalisa hat den Mund auf- und wieder zugemacht. Ihre Augen wurden ganz groß. Das werden sie immer, bevor sie anfängt zu heulen.

»Wieso wissen Sie, wie ich heiße?«

»Du siehst aus wie eine Annalisa«, sagte Miss Braitwhistle ruhig und nahm noch einen Schluck Tee.

»Und ich?«, hat Hugo gerufen und mit dem Finger geschnipst. »Sehen Sie auch, wie ich heiße?«

»Du siehst aus wie ... Daniel«, sagte Miss Braitwhistle.

»Stimmt nicht, stimmt nicht!«, jubelte Hugo.

»Ich war noch nicht fertig, my dear, naturlich weiß ich, dass du nicht heißt Daniel, sondern Hugo. Genau wie die große Onkel von deiner Mutter. Es ist eine sehr reiche Onkel, nicht wahr?«

Hugo wurde blass und schwieg. Wir sahen ihn an, und ich hab mich gefragt, ob er wohl nicht so ein Blödmann geworden wäre, wenn sich seine Eltern für *Daniel* entschieden hätten statt für *Hugo*.

Aki hat mich angeschaut, und ich hab Aki angeschaut, und Aki hat gefragt: »Woher kann sie das alles wissen?«

»Der Direktor hat doch eine Klassenliste«, hab ich gesagt. Aber das mit Hugos reichem Erbonkel stand auf der Liste bestimmt nicht drauf. Sehr merkwürdig.

Und es wurde noch merkwürdiger.

Gerade als ich überlegte, ob ich es schaffen könnte, mit meinem Katapult einen hart gewordenen Kaugummi genau in Miss Braitwhistles Teetasse zu schießen, ging schon wieder die Tür auf. Hier ging's ja heute zu wie auf dem Bahnhof!

Ein Mann ist reingekommen. Er trug eine Brille, genau wie Miss Braitwhistle, sonst sah er ihr aber nicht ähnlich.

»Guten Morgen, bin ich hier richtig in der 4a?«, fragte er.

»A wie Albtraum«, sagte Aki neben mir.

»Wie bitte?«, fragte der Mann.

»Sie sind richtig, wir sind die 4a«, hab ich schnell gesagt.

»Sehr schön. Ich bin Herr Wühlisch, der Schulinspektor.«

»Wo hat er denn die Handschellen?«, hat Aki gefragt. »Und einen Revolver seh ich auch nicht.« Er war sehr enttäuscht. Ich auch.

Der Mann sah überhaupt nicht aus wie ein Polizist. Er hatte einen braunen Pulli an und ein ausgebeultes Jackett und nicht mehr viele Haare auf dem Kopf.

»Herr Inspektor, Herr Inspektor!«, rief Hugo. »Sie müssen diesen Jungen sofort verhaften!« Er zeigte auf Aki.

»Warum denn das?«, hat der Inspektor gefragt.

»Weil er mich vorhin an die Heizung gekettet hat, und dann ist die kaputtgegangen, und alles war nass!«

Inzwischen war aber gar nichts mehr nass, weil Herr Pommerenke das Ventil wieder angeschraubt und den Boden aufgewischt hatte.

»Du hast doch die Heizung kaputt gemacht, Schwachkopf!«, hat Aki zurückgeschrien.

»Aber Aki hat angefangen, er fängt immer an, er ist der schrecklichste Junge der ganzen Klasse«, hat Annalisa gerufen, aber keiner hat zugehört, weil Aki Hugo in den Schwitzkasten genommen hat.

Hugo hat laut geschrien, und Annalisa hat laut angefangen zu weinen.

Der Schulinspektor sah nicht sehr glücklich aus. Miss Braitwhistle trank weiter Tee. Eigentlich hätte sie ihm ja auch eine Tasse anbieten können.

Dann hat Aki Hugo plötzlich losgelassen, Hugo ist auf Max gefallen, und der ist auf einen Schokokuss geplumpst, den er eigentlich essen wollte. Das hat ihm natürlich nicht gefallen, und nun brüllte er auch. Es war ein ziemlicher Lärm, da ertönte auf einmal ein Pfiff, und alle waren still.

Der Pfiff kam aus einer Trillerpfeife, und in die Trillerpfeife geblasen hatte Miss Braitwhistle.

Trillerpfeifen kannten wir nur aus dem Sportunterricht. Herr Fischli hat eine aus rotem Plastik. Und wenn er da reinbläst, heißt das, dass wir loslaufen oder -springen sollen.

Miss Braitwhistles Trillerpfeife war aus Silber, und sie klang auch anders, irgendwie mehr wie das Trillern von einem Vogel.

Aki hat sich auf seinen Platz gesetzt, Max kratzte sich den zerdrückten Schokokuss vom Hintern, und Hugo rückte seine Brille zurecht.

»Nun, das scheint eine recht lebhafte Klasse zu sein, Frau …«, begann der Schulinspektor.

»Miss Braitwhistle«, sagte Miss Braitwhistle und stellte die Teetasse auf das Pult. »Und Sie heißen Mulch?«

»Wühlisch«, sagte Herr Wühlisch.

»Wuhlick«, wiederholte Miss Braitwhistle. »Das ist aber kein hubscher Name.«

»Da haben Sie leider recht«, sagte der Inspektor. Dann ist ihm anscheinend wieder eingefallen, dass er ja von der Schulpolizei war, und er hat streng gefragt: »Welches Fach unterrichten Sie gerade, Miss äh ...?«

Miss Braitwhistle schaute uns an. »Was wir haben jetzt?«

Hugo riss den Arm hoch. »Biologie!«

»Biology, sehr gut. Und welches Thema habt ihr in die letzte Stunde gemacht?«, fragte sie weiter und schaute jeden von uns an. »Henni, please.«

Henni hatte sich aber nicht gemeldet, nur gegähnt und dabei die Arme ausgestreckt. Frau Taube kannte das und nahm Henni auch nie dran.

»Henni!«, wiederholte Miss Braitwhistle.

»Häh?«, machte Henni.

»Blut!«, schrie Hugo. »Wir haben Blut gemacht!«

»Ihr habt Blut gemacht?«, fragte Miss Braitwhistle. »Wen ihr habt geschlachtet?« Sie sah sich suchend um, als lägen irgendwo Messer und Äxte in der Klasse.

Der Inspektor von der Schulpolizei räusperte sich. »Ich glaube, die Kinder meinen den Blutkreislauf, Miss, äh ...«

»Well«, sagte Miss Braitwhistle. »Wer mir kann erklaren die Kreislauf von das Blut?«

Keiner hat sich gemeldet, wir hatten alle Angst, dass der Inspektor uns verhaftet, wenn wir was Falsches sagen.

Miss Braitwhistle hat mich angeguckt: »Was ist mit dir, Franz?«

Dummerweise hatte ich in der letzten Stunde überhaupt nichts mitbekommen, weil Aki und ich ausprobiert haben, ob man noch was hört, wenn man sich Knete in die Ohren steckt.

Man hört nichts, das weiß ich jetzt. Aber ich wusste nicht, wie das mit dem Blut funktionierte.

»Na, das Blut kreist eben so rum im Körper«, hab ich gesagt und einen Kreis in die Luft gemalt.

»Well«, sagte Miss Braitwhistle noch einmal. »Weiß jemand mehr?«

Natürlich hat sich Hugo gemeldet. Er weiß immer mehr. Denkt er.

Er hat seine Brille zurechtgerückt und gesagt: »Blut ist eine Flüssigkeit, und Flüssigkeiten fließen von oben nach unten.«

»Das heißt, du hast kein Blut in deine Kopf, sondern in deine Fuße«, sagte Miss Braitwhistle.

Wir haben natürlich alle gelacht, und Hugo hat einen roten Kopf bekommen, also hatte er da doch Blut drin.

»Blut transportiert Sauerstoff, und den braucht man zum Denken«, hat Clemens gemeint. »Wenn das Gehirn nicht durchblutet wird, stirbt man.«

»Perfect!«, hat Miss Braitwhistle gesagt, und plötzlich war sie weg. Also nicht richtig weg, nur ihr Kopf war weg. Und da, wo vorher ihr Kopf gewesen ist, waren jetzt ihre Füße.

Miss Braitwhistle stand kopf. Wir dachten schon, gleich sieht man ihre Unterhose, aber wir haben nichts gesehen, weil der Rock oben geblieben ist. Auch sehr merkwürdig.

»Das macht klare Gedanken«, sagte sie. Aber es war nicht so gut zu verstehen, weil ihr Kopf so weit unten war.

»Come on, lazybones! Ihr auch, los!«

Wir sahen uns an. Sollten wir wirklich Kopfstand machen?

Annalisa fuhr mit der Schuhspitze über den Boden. »Der ist doch ganz dreckig«, maulte sie.

Aber ehe sie wieder anfangen konnte zu heulen, stand Annalisa auch schon auf dem Kopf. Ihr folgten Henni und dann die Puppenzwillinge. Das wollten wir Jungs nicht auf uns sitzen lassen. Was die Mädchen konnten, konnten wir schon lange. Und merkwürdigerweise war es gar nicht schwer. Ich hockte mich hin, legte die Stirn auf den Boden, und wie von einer unsichtbaren Hand hochgezogen, ragten meine Beine plötzlich in die Luft.

Es sah sehr lustig aus, wie wir da alle verkehrt herum in der Klasse standen. Alle? Nein, nicht alle. Der Inspektor von der Schulpolizei stand als Einziger richtig rum. Oder falsch rum. Je nachdem.

»Sie auch, Mister Wuhlick«, rief Miss Braitwhistle.

»Aber ich kann doch nicht hier und jetzt …«

»Das kann everybody, auch Sie!«

Nun versuchte auch der Inspektor, einen Kopfstand zu machen, es gelang ihm, aber er schwankte dabei wie ein alter

Baum im Wind, und aus den Taschen seines Jacketts purzelten lauter Sachen.

Natürlich guckten wir genau hin, weil wir dachten, gleich fällt eine Pistole raus oder Handschellen oder ein Schlagstock. Aber nichts dergleichen. Nur eine Schachtel Streichhölzer, ein Hustenbonbon, zwei ausgeleierte Schnipsgummis, ein zerknülltes Taschentuch und zum Schluss etwas rundes Braunes. Es rollte über den Boden. Eine Kastanie. Sie war schon ein wenig verschrumpelt, aber es war eindeutig eine Kastanie.

»Merkt ihr, wie ihr denkt klar?«, hat Miss Braitwhistle gefragt.

»Mir wird schwummerig!«, jammerte Hugo.

»Und mir wird schlecht!« Max rülpste einen auf dem Kopf stehenden Rülpser, der sehr komisch klang.

Mit einem eleganten Satz stand Miss Braitwhistle plötzlich wieder auf ihren Füßen.

Ich versuchte es auch, fiel aber der Länge nach hin und auf Max drauf. Da fiel ich zwar weich, aber Max rülpste noch mehr.

Auf dem Boden herrschte jetzt ein schreckliches Durcheinander von Armen und Beinen und roten Köpfen.

Als ich mich einigermaßen aufgerappelt hatte, sah ich, dass Miss Braitwhistle dem Inspektor die Hände hinhielt und ihn hochzog. Auch er hatte einen Kopf, so rot wie eine Tomate.

Kaum stand er, bückte er sich auch schon wieder, um seinen Krimskrams einzusammeln. Die Kastanie bemerkte er nicht.

Ich hab noch überlegt, ob ich ihn drauf aufmerksam machen soll, da hab ich gesehen, wie Miss Braitwhistle sie eingesteckt hat. Dabei lagen draußen auf dem Hof so viele Kastanien rum, schöne glänzende, nicht schon halb vertrocknete wie die.

In diesem Moment klingelte es zur Pause.

Zuerst hab ich gedacht, das sei falscher Alarm. Konnte die Stunde wirklich schon rum sein? Aber draußen vor der Tür war Kreischen und Trampeln zu hören, also musste es stimmen.

»Das war ja eine unterhaltsame Stunde«, sagte der Inspektor zu Miss Braitwhistle. »Da hab ich direkt etwas gelernt.«

»Und was?«, fragte Miss Braitwhistle.

Der Inspektor fuhr sich durch seine paar Haare, die er noch hatte und die wild von seinem Kopf abstanden. »Die Welt sieht wirklich anders aus, wenn man auf dem Kopf steht. Das sollte ich in Zukunft vielleicht mal öfter tun.«

4

RUTSCH MIR DOCH DEN BUCKEL RUNTER!

Wir sind auf den Hof gegangen und haben uns an die Mauer gelehnt. Herr Pommerenke fegte unter der Kastanie das Laub zusammen und hat dem Baum böse Blicke zugeworfen. Dabei konnte die arme Kastanie doch gar nichts dafür, dass sie ihre Blätter verlor. Aber alles, was Schmutz macht, kann Herr Pommerenke nicht leiden, am wenigsten natürlich uns.

Max packte sein Pausenbrot aus und starrte es traurig an. »Ich hab gar keinen Hunger mehr. In meinem Bauch dreht sich noch alles.«

»Was ist denn drauf auf dem Brot?«, fragte Henni. Sie hatte ihrs natürlich wieder zu Hause vergessen. Eine Zeit lang ist ihre Mutter in der großen Pause gekommen und hat es ihr gebracht. Aber natürlich war das voll peinlich. Und seit Henni in der Vierten ist, macht ihre Mutter das auch nicht mehr. Dafür bettelt Henni jetzt immer uns an.

Max klappte sein dickes Brot auseinander. »Käse, Schinken, Ei …«

Die Brote von Max sind immer doppelt so dick wie die, die meine Mutter mir mitgibt.

»So viel fettes Zeug ist aber ganz ungesund«, hat Hugo gemeint. Dabei war er bestimmt nur neidisch, er hat nämlich immer nur Selleriestangen und zuckerfreie Müsliriegel dabei.

»Ich find's lecker«, sagte Henni und seufzte.

»Du kannst es haben.« Max wollte ihr gerade das Brot geben, da bekam Hugo von hinten einen Schubs und fiel auf Max drauf.

Und dann lagen alle auf der Erde: Hugo, Max und das Brot. Nur der Belag lag nicht mehr drauf, der war überall verteilt: der Käse, der Schinken und das Ei.

Hugo hat sich aufgerappelt, seine Brille zurechtgerückt und gesagt: »Das habt ihr jetzt davon.«

Sofort kam Herr Pommerenke angelaufen. »Was ist das denn für eine Sauerei!«, schrie er. »Ihr wollt wohl, dass der Inspektor kommt, drauf ausrutscht, und ich hab dann die Verantwortung!«

Ehe wir etwas sagen konnten, hatte er Schinken, Käse und Ei zusammengefegt und in einem blauen Sack versenkt.

Annalisa hat angefangen zu weinen, dabei ist es ja gar nicht ihr Brot gewesen. Wenn Henni geheult hätte, hätte ich es ja noch verstanden, aber die stand nur da wie erstarrt.

Doch plötzlich stürzte sie sich auf Hugo und schrie: »Du superdoofer Doofmann!«, stieß ihn zu Boden und direkt auf Max drauf, der gerade wieder aufstehen wollte. Max gefiel das natürlich überhaupt nicht. Er ist zwar gut gepolstert, aber was zu viel ist, ist zu viel.

»Das ist heute schon das dritte Mal, dass irgendeiner auf mich drauffällt!«, hat Max gerufen und Hugo von sich runtergeschubst, der fiel gegen den Laubsack von Herrn Pommerenke, der Sack platzte auf, und Hugo war von oben bis unten voller Laub. Das fanden wir nun richtig lustig und haben alle gelacht, bis auf Herrn Pommerenke, der sah aus, als hätte er uns am liebsten alle zusammen in den Sack gesteckt und den dann fest zugebunden.

Das hat er aber nicht gemacht, dafür hat er seinen Besen hingeworfen und gesagt: »So, das fegt ihr jetzt schön wieder zusammen.«

In diesem Moment hat es geklingelt, und Aki wollte schon zurück in die Klasse laufen, aber Herr Pommerenke hat ihn an der Jacke festgehalten. »Das könnte euch so passen, hier einfach zu verschwinden. Ich hole jetzt neue Säcke, und die macht ihr voll.«

Als er weg war, haben Aki und Hugo die Gelegenheit auch gleich genutzt und angefangen, sich gegenseitig mit Kastanienblättern zu bewerfen. Doch dann kam Herr Pommerenke mit den Laubsäcken zurück und hat gebrüllt: »Es reicht! Ihr kommt jetzt sofort mit zum Direktor!«

Damit konnte er den beiden aber nicht drohen, denn Aki und Hugo haben viel mehr Angst vor Herrn Pommerenke als vor dem Direktor.

Plötzlich ertönte wieder dieser ulkige Pfiff, und Miss Braitwhistle stand neben uns.

»Wo ist die Problem?«, hat sie Herrn Pommerenke gefragt und dabei eine Augenbraue etwas hochgezogen. »Warum Sie so schreien?«

Herr Pommerenke ist ganz rot im Gesicht geworden, und das auch ohne Kopfstand. »Ich will ja nur, dass die 4a das Laub zusammenfegt, das sie überall verteilt hat.«

»Das ist eine very good Idee, wir machen Unterricht im Freien, fantastic!«

Sie raschelte mit den Füßen im Laub. »Herbst ist doch wonderful, isn't it?«

Herr Pommerenke räusperte sich. »Na, das ist ja wohl Geschmackssache. Der Baum hier muss jedenfalls weg. Der ist eine Gefahrenstelle.«

»Gefahrenstelle?«, fragte Miss Braitwhistle. »Was meint das?« Das hätten wir auch gern gewusst.

»Sie sehen ja selbst, was die Schüler hier anstellen, außerdem bewerfen sie sich mit Kastanien.«

Das war eine glatte Lüge. Wir bewerfen uns nie mit Kastanien. Wir sammeln sie, solange sie noch in der stacheligen Hülle stecken, und legen die dann den Mädchen auf den Stuhl.

In diesem Moment kam Wind auf und wehte das Kastanienlaub auseinander.

»Wehe, hier liegt noch ein Blatt, wenn ich zurückkomme«, hat Herr Pommerenke gesagt und ist verschwunden.

»Wie sollen wir das denn schaffen?«, hat Annalisa entsetzt gerufen. Sie wollte schon wieder zu heulen anfangen, aber Miss Braitwhistle hat nur gelacht und gesagt: »Wait and see.«

»Was heißt das?«, wollte Aki wissen.

»Das heißt: Abwarten und Tee trinken«, sagte Clemens. Er weiß wirklich alles.

Miss Braitwhistle hat ihre Tasche aufgemacht und eine Tasse und die Teekanne herausgezogen.

»Wie kann sie eine Kanne mit heißem Tee in der Tasche haben, der läuft doch aus?«, hab ich Aki gefragt. Aber der hat das auch nicht gewusst.

Tee kann man schlecht im Stehen trinken. Aber natürlich war kein Stuhl da. Früher gab's mal unter der Kastanie eine Bank, aber die hat Herr Pommerenke abgerissen, weil da immer die Schüler draufstanden und im Frühling die Blüten, im Herbst die Kastanien und im Winter den Schnee runtergeschüttelt haben.

Miss Braitwhistle hat irgendwas vor sich hin gemurmelt, das wir nicht verstanden haben, dann holte sie aus ihrer Tasche etwas, das aussah wie ein Regenschirm. Es war aber kein Regenschirm, denn als sie es auseinanderklappte, sahen wir, dass es ein kleiner Hocker war.

Sie setzte sich drauf und goss sich Tee ein, die Teekanne hat sie neben sich auf den Boden gestellt.

»Wer war das?«, hat sie gefragt und auf die Blätter gezeigt, die über den ganzen Hof verteilt lagen.

»Der Wind war's!«, hat Molly gerufen.

»Genau, der Wind war's!«, hat auch Polly gerufen.

»Dann muss der Wind sie auch wieder fegen zusammen«, hat Miss Braitwhistle gesagt und wieder in ihre Trillerpfeife geblasen.

Zuerst ist überhaupt nichts passiert. Doch dann hab ich ein Rauschen gehört, erst ganz leise, dann lauter und lauter, und plötzlich fegte eine Windbö über den Schulhof. Sie war so stark, dass sie uns beinah umgerissen hätte. Ich hielt mich an Clemens fest und der an Aki, und Aki musste sich wohl oder übel an Hugo festhalten, und der hielt sich an der Kastanie fest. Woran die Mädchen sich festhielten, weiß ich nicht, ich hab im Rücken keine Augen. Miss Braitwhistle hielt mit einer Hand ihre Frisur fest, mit der anderen ihre Teetasse.

Wir machten die Augen zu, denn der Wind wirbelte uns Sand und Dreck ins Gesicht. Aber ich hab kurz geblinzelt und genau gesehen, dass der Wind die Blätter in die Laubsäcke gepustet hat. Ich weiß auch nicht, wie er das gemacht hat. Die Säcke öffneten sich, so wie ein großer Walfisch sein Maul aufreißt, und schwups, waren alle Blätter darin verschwunden.

Und dann hat der Wind aufgehört. Von einer Sekunde auf die andere war es wieder ruhig.

»Well, wer sagt's denn?« Miss Braitwhistle schnipste ein Blatt von ihrer Untertasse. Das Blatt segelte durch die Luft, ließ sich langsam auf einem der Laubsäcke nieder und rutschte durch die Öffnung.

»Wow!«, hat Aki gesagt. »Wie geht das denn?«

»Das war Zauberei«, hat Annalisa geflüstert. »Miss Braitwhistle ist eine Hexe.«

»Blödsinn, das war der Wind«, hat Pauline gesagt. »Hexen und Zauberer gibt's nicht.«

»In England schon«, hat Annalisa gesagt, sie muss immer das letzte Wort haben.

Da war ein lautes Knurren zu hören. »Gibt es bears hier?«, fragte Miss Braitwhistle erschrocken und sah sich um.

»Das war kein Bär, das war Hennis Magen«, hab ich gesagt.

»Mein schönes Brot!«, fing nun auch Max an zu jammern. Anscheinend hatte sein Magen aufgehört, sich zu drehen, und er war schon wieder hungrig.

»An allem ist nur Hugo schuld!«, rief Henni.

»Aber Aki hat mich geschubst, der Verbrecher!«, gab Hugo zurück.

»Ach, rutsch mir doch den Buckel runter«, hat Aki nur gesagt und Hugo den Rücken zugedreht.

»Was ist Buckel?«, hat Miss Braitwhistle gefragt, und

Clemens hat auf Akis Rücken gezeigt. »Wenn der Rücken krumm ist, sagt man Buckel dazu.«

»Und warum Hugo rutscht nicht?«, wollte sie wissen.

Wir haben Miss Braitwhistle dumm angeguckt.

»Na, weil ... das sagt man doch nur so, das macht man nicht«, hat Aki gesagt.

»Warum nicht?«, fragte Miss Braitwhistle. »The proof of the pudding is the eating.«

»Gibt's was zu essen?«, fragte Max gierig.

»Probieren geht uber studieren, so das heißt auf Deutsch«, sagte Miss Braitwhistle. »Zuerst rutscht Hugo Aki die Bu-

ckel runter, dann Aki Hugo, dann Franz dem Clemens and so on.«

»Und wir Mädchen?«, hat Annalisa gemault. »Was machen wir so lange?«

»Ihr rutscht auch die Buckel runter«, sagte Miss Braitwhistle fröhlich.

Und dann ging's los. Aber so einfach war das gar nicht. Clemens machte den Rücken ganz krumm, aber jedes Mal, wenn ich versuchte, ihm den Buckel runterzurutschen, fielen wir beide der Länge nach hin und mussten lachen.

Plötzlich schrie Hugo, der ausnahmsweise mal stand: »Achtung! Der Inspektor kommt!«

Wir wussten nicht, ob wir weitermachen oder aufhören sollten, aber Miss Braitwhistle, die immer noch auf ihrem Klappstühlchen hockte, blies in ihre Pfeife und rief: »Go on, kids! Weitermachen.«

»Was ist denn hier los?«, fragte der Inspektor, als er näher kam. »Sie unterrichten doch wohl nicht etwa Sport? Miss äh ... die Schüler haben ja gar keine Sportsachen an. Dann zahlt die Versicherung nicht, wenn etwas passiert. Im Schulgesetz steht –«

»Lieber Mister Wuhlick, darf ich Ihnen anbieten eine Tasse Tee?«, hat Miss Braitwhistle nur gesagt und aus ihrer Tasche noch eine Tasse gezogen. »Natürlich wir nicht machen Sport, wir nehmen gerade sprechende Worte durch. Krummer Rucken rutscht gut runter.«

Der Inspektor hat ein spitzes Mündchen gemacht und gesagt: »Nun, das ist sicher eine sehr ungewöhnliche Unterrichtsmethode, aber –«

»In England wir das machen so«, sagte Miss Braitwhistle.

»Tja, dann …«

Miss Braitwhistle hat auch dem Inspektor Tee eingegossen, und er hat die Tasse genommen und getrunken.

»Hmm, das schmeckt wirklich ausgezeichnet, ganz ausgezeichnet.«

Dann hat er auf den Boden geschaut. »Schade, dass der Hausmeister schon alles weggefegt hat. Ich hatte gehofft, ich würde noch eine Kastanie finden. Kastanien bringen Glück. Leider habe ich meine Glückskastanie irgendwo verloren.«

Ich hab drauf gewartet, dass Miss Braitwhistle ihm seine Kastanie wiedergibt, aber sie hat nichts gesagt. Da ist Hugo zum Baum hingelaufen und hat sich an einen der Äste gehängt.

»Ich hol eine Kastanie für Sie, Herr Inspektor«, hat er gerufen und wie wild an dem Ast gerüttelt. Das mochte der Ast wohl nicht, denn er ist abgebrochen und genau auf Hugo draufgefallen.

Wir hatten keine Lust mehr, uns gegenseitig den Buckel runterzurutschen, und haben lieber Hugo angeguckt, der auf dem Boden lag und sich nicht mehr gerührt hat.

Annalisa hat gleich angefangen zu heulen. »Ist er tot? Er ist bestimmt tot.«

»Quatsch, der doch nicht«, hat Aki gesagt. Aber so ganz sicher waren wir nicht.

Der Inspektor ist auf Hugo zugestürzt und hat ihm ein paar Ohrfeigen gegeben, die er sicher verdient hatte, aber genutzt hat es nichts. Miss Braitwhistle zog aus ihrer Tasche ein Fläschchen und sagte: »Hugo muss das riechen, Mister Wuhlick.«

Der Inspektor hat Hugo das Fläschchen unter die Nase gehalten, und sofort hat Hugo die Augen aufgemacht und laut angefangen zu husten. »Ih! Das stinkt ja wie Katzenpipi.«

Dann hat der Inspektor auch dran gerochen und genickt. »Stimmt. Stinkt wie Katzenpi – ich meine, es riecht nicht gut.«

Miss Braitwhistle hat ihm das Fläschchen weggenommen und ihre linke Augenbraue kurz hochgezogen: »Don't mind me, Mister Wuhlick! Aber das ist das Riechsalz, das schon geholt hat Lady Agatha Arbuthnot aus Todesschlaf, das war im Jahr, als Queen Elizabeth sich auf den Thron gesetzt hat.«

»Daran können Sie sich ja wohl kaum erinnern«, hat der Inspektor gesagt.

Wir haben uns aber nicht für irgendeine Lady oder die englische Königin interessiert, sondern nur für das Fläschchen. Wenn man damit sogar Tote aufwecken konnte, hätte ich das gern gehabt. Aber ehe wir auch daran schnuppern konnten, hatte Miss Braitwhistle es schon wieder in ihre Tasche gesteckt.

Dann schrie jemand: »Was ist denn hier schon wieder los?« Das war natürlich Herr Pommerenke. Er kam über den Schulhof gelaufen und hat wild mit den Armen gefuchtelt. »Weg von dem Baum, weg! Der ist morsch!«

Er hat den Ast hochgehoben und gesagt: »Jetzt reicht's mir aber.«

»Der Ast ist einfach so auf mich draufgefallen«, hat Hugo behauptet. »Und ich war ohnmächtig und beinah tot.«

»Ausgezeichnet!«, hat Herr Pommerenke gesagt. »Jetzt hab ich den Beweis.«

»Der Baum ist nicht morsch«, hab ich gesagt. »Hugo hat den Ast abgerissen.«

Aber Herr Pommerenke hat nicht zugehört, sondern ein rot-weißes Band aus seiner Hosentasche gezogen und es um den Baum gewickelt.

»Es ist ab sofort verboten, die Kastanie zu berühren, verstanden? Das gilt auch für Sie, Frau – wie immer Sie auch heißen.«

»Miss Braitwhistle, please«, hat Miss Braitwhistle gesagt und ihren Hocker zusammengeklappt.

»Wir nehmen es sehr genau mit der Sicherheit an dieser Schule«, hat Herr Pommerenke zum Inspektor gesagt.

»Vorbildlich, wirklich vorbildlich«, hat der Inspektor gemurmelt und sich nach einer Kastanie gebückt, die vom Ast gefallen war.

Dann hat es zur Pause geläutet, aber wir mussten rein,

weil Herr Pommerenke meinte, der Schulhof wäre zu gefährlich für uns.

Das Klassenzimmer war dann aber noch viel gefährlicher. Vor allem für den Inspektor von der Schulpolizei.

5

WO IST DER KLAVIER-SCHLÜSSEL?

»Wenn die Kastanie jetzt gefällt wird, bist du schuld!«, hab ich gesagt. Und Aki hat gar nichts gesagt, sondern Hugos Arm gegriffen und geschüttelt. »Weißt du jetzt, wie sich der arme Baum gefühlt hat?«

Und Annalisa hat natürlich wieder zu heulen angefangen. »Der arme, arme Baum.«

»Und was ist mit dem armen, armen Max?«, fragte Max. Er hatte inzwischen richtig dollen Hunger, aber nur noch einen Atem-frisch-Kaugummi, und den hat ihm Pauline weggenommen, weil sie meinte, der gehöre ihr, weil Max ihr schließlich die Schokodrops geklaut hätte.

»Von denen hatte ich ja nichts, die hab ich doch alle ausgespuckt«, hat Max gesagt und Pauline den Kaugummi aus der Hand gerissen und sich schnell in den Mund gesteckt. Pauline wollte ihn dann doch nicht wiederhaben, dafür hat sie Max in den Bauch geboxt, und Max hat sich an dem

Kaugummi verschluckt und wäre fast erstickt, wenn ihm Aki nicht auf den Rücken gehauen hätte.

Es war also ziemlich was los in der Klasse, und wir haben gar nicht gehört, wie es zur Stunde geklingelt hat.

Doch diesmal kam nicht Miss Braitwhistle, sondern nur Frau Klawitter. Ich hatte total vergessen, dass wir montags in der letzten Stunde Musik haben.

In unserer Klasse steht ein Klavier, aber das ist immer abgeschlossen. Der Klavierschlüssel hängt an Frau Klawitters dickem Schlüsselbund. Das wirft sie manchmal auf den Lehrertisch, wenn wir besonders laut sind, aber es nützt nichts, wir sind dann einfach nur noch lauter.

Irgendwie hatten wir heute keine Lust auf Musik, und erst recht nicht, als Frau Klawitter sagte: »Nehmt eure Musikhefte raus, wir schreiben ein Notendiktat. Und diesmal werde ich es auch benoten.«

Doppelte Noten! Das war echt gemein.

»Frau Klawitter, ich hab aber mein Heft vergessen«, rief Henni. »Wo soll ich denn jetzt die Noten draufschreiben?«

»Dann gibt dir jemand eine Seite aus seinem Heft ab«, hat Frau Klawitter gesagt. »Wie ist es mit dir, Hugo?«

»Ich darf aber keine Seiten aus meinem Heft reißen.«

»Ich auch nicht! Ich auch nicht!«, haben wir gerufen.

Frau Klawitter bekam rote Flecken am Hals, genau wie Frau Taube. Nur dass ihre Flecken größer waren, kein Wunder, ihr Hals ist ja auch dicker.

»Dann ziehst du eben Linien mit dem Lineal, aber beeil dich.«

Henni konnte sich aber nicht beeilen, denn sie hatte ihr Lineal vergessen. Clemens hat seins genommen und wollte es ihr zuwerfen, aber Aki hat es aufgefangen und so getan, als wäre er ein Ritter und das Lineal sein Schwert. Da hab ich auch mein Lineal genommen, und wir haben gekämpft. Also, nicht richtig doll gekämpft. Die Lineale sind sogar ganz geblieben, aber trotzdem hat es Frau Klawitter nicht gefallen, und sie hat ihr Schlüsselbund genommen und wollte es auf den Tisch werfen, aber es fiel daneben.

Ich hab mich gebückt und es aufgehoben. Den Klavierschlüssel hab ich gleich erkannt, denn er war der kleinste, und außerdem hing er an einem extra Ring, der geformt war wie ein Violinschlüssel.

Ich hab schnell den Klavierschlüssel abgemacht und in meine Hosentasche gesteckt, dann hab ich das Schlüsselbund Frau Klawitter gegeben. Sie hat »Danke, Franz« gesagt, und ich hab genau gesehen, wie sie ihr Hörgerät abgeschaltet hat.

Dann ist sie zum Klavier gegangen und hat sich auf den Hocker gesetzt, und der Hocker hat geknarrt, denn eigentlich ist ihr Hintern viel zu dick dafür.

»So, nun passt gut auf, welche Töne ich spiele, und schreibt sie auf.«

Sie hat ihr Schlüsselbund genommen und wollte das Kla-

vier aufschließen, aber das konnte sie natürlich nicht, denn den Schlüssel hatte ja ich.

Ich hab ihn aus der Hosentasche gezogen und allen gezeigt, aber das konnte Frau Klawitter nicht sehen, denn sie saß mit dem Rücken zu uns.

»Wo ist der Klavierschlüssel?«, hat Frau Klawitter gefragt und sich zu uns umgedreht. »Habt ihr den Klavierschlüssel gesehen?«

Annalisa hat sich gemeldet, und Frau Klawitter hat ihr Hörgerät wieder angestellt. »Ja, Annalisa?«

»Ich hab ihn gesehen«, hat Annalisa gesagt. Aki hat mich angeschaut, und ich hab Aki angeschaut, und wir wollten Annalisa schon den Mund zuhalten, da hat sie weitergesprochen: »Ich hab ihn an Ihrem Schlüsselbund gesehen, Frau Klawitter. In der letzten Stunde.«

»Aber er ist weg!«, hat Frau Klawitter gerufen.

Hugo ist aufgesprungen. »Soll ich Herrn Pommerenke holen? Der kriegt das Klavier bestimmt auf. Mit 'nem Stemmeisen, oder besser noch mit Dynamit.«

Frau Klawitter hat heftig mit den Armen gewedelt. »Nein, nein, vielleicht hab ich ihn irgendwo verloren.«

Sie hat so verwirrt ausgesehen, dass sie mir richtig leidgetan hat, aber Notendiktate sind nun mal ekelhaft.

»Wir können doch was singen«, hat einer der Puppenzwillinge vorgeschlagen. Und der andere hat gesagt: »Genau, wir können was singen.«

Frau Klawitter war ganz glücklich, und wir mussten uns alle hinstellen und »Der Kuckuck und der Esel« singen. Als Kanon. Ein Kanon ist, wenn man nicht zusammen anfängt, aber trotzdem zusammen aufhört. Geschafft haben wir das noch nie.

Wie immer haben die Mädchen angefangen. Und ich hab genau gehört, dass sie statt »der Esel« »die Esel« gesungen und uns dabei frech angegrinst haben.

»Na wartet!«, hab ich gedacht. Und als Frau Klawitter auf uns Jungs gezeigt hat, haben Aki und ich ganz laut gesungen: »Die Esel seid ihr selber, und bitte nur kein Neid, denn wir, wir können singen, ihr seid noch nicht so weit.«

Na, jetzt ging's aber los! Pauline hat Henni was zugeflüstert, und die hat's den Puppenzwillingen gesagt, und die haben es Annalisa gesteckt und so weiter, und dann haben die Mädchen gesungen: »Die Jungen und die Mädchen, die hatten einen Streit, wer wohl am klügsten wäre, wer wohl am klügsten wäre, im Lande weit und breit.«

Ich musste zugeben, das klang nicht schlecht. Aber was dann kam, konnten wir natürlich nicht auf uns sitzen lassen.

»Die Jungen meinten, sie wären's, und fingen an zu schrei'n. Wir haben das nicht nötig, dazu sind wir zu fein!«, sang Pauline ganz laut. Natürlich hatte sie sich das ausgedacht. Sie schreibt ja auch die besten Aufsätze, weil sie so eine blühende Fantasie hat, wie Frau Taube immer sagt. Dabei lügt sie einfach nur das Blaue vom Himmel runter.

Frau Klawitter hat nichts mitbekommen, denn sie hatte wieder ihr Hörgerät abgestellt. Sie dirigierte und wackelte dabei mit dem Kopf und sah sehr zufrieden aus, aber nicht lange.

Aki hat den Tafelschwamm genommen, ihn in den Eimer mit dem dreckigen Wasser getaucht und wollte Pauline den nassen Schwamm an den Kopf werfen. Aber die hat sich schnell geduckt, und stattdessen hat Annalisa den Schwamm abgekriegt. Er hat sie nur an der Schulter getroffen, und die war auch nur ein bisschen nass. Trotzdem hat sie angefangen zu heulen. »Frau Klawitter, Frau Klawitter, Aki hat mir den Schwamm an den Kopf geschmissen!«

Schwamm und *Kopf* reimen sich nicht, und der ganze Kanon geriet natürlich durcheinander, und jeder hat was anderes gesungen, und trotzdem hat Frau Klawitter fröhlich weiterdirigiert. Da hat Annalisa den Schwamm genommen und ihn Aki hinten in den Kragen gesteckt. Na, der hat vielleicht geschrien! Mindestens so laut wie der Esel in dem Lied. Und genau in dem Moment ging die Tür auf, und der Schulinspektor kam rein. Er musste unsere Klasse ja wirklich sehr mögen. Er hat sogar gelächelt, aber nur kurz, denn Aki hatte sich den Schwamm aus dem Kragen gezogen und wollte Annalisa das Gesicht damit waschen, aber der Schwamm flutschte ihm aus der Hand, rutschte über den Boden, der Inspektor trat drauf und …

In Witzzeichnungen sieht man immer, wie jemand auf einer Bananenschale ausrutscht, dabei ist ein Schulschwamm viel besser. Vor allem, wenn er schon so richtig alt und glitschig ist von der ganzen Kreide und dem Wasser.

Der Inspektor lag jedenfalls auf dem Boden, und das hat dann Frau Klawitter endlich auch gemerkt, sogar mit abgestelltem Hörgerät.

Keiner von uns hat mehr gesungen, bis auf Henni, die

ganz hinten in der Ecke stand und mal wieder nichts mitgekriegt hatte.

»Wir haben das nicht nötig, dazu sind wir zu fein«, trällerte sie weiter und hat dann etwas dumm geguckt.

Aber noch dümmer hat der Schulinspektor geguckt, als er da auf dem Boden lag. Frau Klawitter ist zu ihm hin und hat versucht, ihn an den Armen hochzuziehen. Aber sie ist ja ziemlich dick, und gerade als sie den Inspektor schon halb aufrecht hatte, ging schon wieder die Tür auf, knallte dem Inspektor ins Kreuz, der rutschte der Länge nach auf den Boden, und Frau Klawitter plumpste auf ihn drauf.

Dafür konnten wir ja nun wirklich nichts, aber vielleicht hätten wir nicht so laut lachen dürfen, doch es sah einfach zu komisch aus. Herr Fischli schien das nicht zu finden, er war es nämlich, der die Tür aufgerissen hatte.

»Herr Wühlisch, ich hab sie schon überall –«

Bestimmt wollte er »gesucht« sagen, aber nun hatte er ihn ja gefunden. Und zwar unter Frau Klawitter.

Aki und ich, wir haben so gelacht, dass uns der Bauch wehtat.

Die Mädchen haben gekichert, und nur Hugo hat nicht gelacht, sondern gerufen: »Jetzt werdet ihr endlich alle verhaftet!«

Der Inspektor und Frau Klawitter haben es schließlich geschafft, sich aufzurappeln, und dann standen sie und Herr Fischli natürlich da und haben uns ganz böse angeguckt.

»Morgen sitzt ihr nach!«, hat Herr Fischli gesagt.

»Aber ich doch nicht«, hat Hugo gerufen. »Ich hab ja gar nichts gemacht.«

»Ihr alle! Ohne Ausnahme.«

Die Aussicht auf eine Stunde Nachsitzen war natürlich nicht so toll, aber dafür hatten wir erlebt, wie ein Inspektor von der Schulpolizei von einer dicken Musiklehrerin fast zerquetscht worden wäre.

»So was gibt's wirklich nur bei uns«, hat Aki gesagt, als wir zusammen nach Hause gegangen sind.

6

HERR POMMERENKE QUAKT RUM

Am Dienstagmorgen war mir etwas mulmig zumute. Nicht dass ich Angst vorm Nachsitzen gehabt hätte, aber der Klavierschlüssel von Frau Klawitter lag mir im Magen.

Na gut, nicht direkt im Magen, er steckte immer noch in meiner Hosentasche. Beinah hätte meine Mutter ihn entdeckt, als sie meine Jeans waschen wollte. Sie fummelte schon in den Taschen rum, weil ich da meistens was drin habe, was nicht in die Waschmaschine gehört. Chinaböller oder Murmeln oder alte Kaugummis. Ich hab ihr schnell die Hose weggerissen und erzählt, dass so viel waschen ganz schädlich für die Umwelt ist und ich die Jeans noch gut ein paar Tage anziehen kann.

Der Schlüssel steckte an diesem Morgen also immer noch in meiner Hosentasche, und ich wollte ihn so schnell wie möglich loswerden.

Am Kiosk an der Ecke hab ich Aki getroffen, er hat sich

Karamellbonbons gekauft. Mir sind die zu süß, und ich mag es auch nicht, wenn sie in den Zähnen festkleben. Aber Aki hat so viele Löcher in den Zähnen, dass es eh schon egal ist. Als die Schulzahnärztin mit ihm geschimpft hat, weil er seine zweiten Zähne mit den ganzen Süßigkeiten kaputt macht, hat er nur gemeint, er wartet auf seine dritten. In der Werbung sähen die immer so schön weiß aus.

Ich will lieber nicht auf meine dritten Zähne warten und hab mit dem Kopf geschüttelt, als Aki mir einen Bonbon geben wollte. Außerdem war mir ja sowieso nicht gut, wegen dem blöden Klavierschlüssel.

»Hast du ihn noch?«, hat Aki auch gleich gefragt.

»Hm«, hab ich gesagt.

»Zeig mal her!«

Ich hab Aki den Schlüssel gegeben. Er sah eigentlich ganz harmlos aus.

»Was machste jetzt damit?«, hat Aki gefragt.

»Ich geb ihn der Klawitter zurück«, hab ich gesagt.

»Bist du bescheuert? Was meinst du, was du da für Ärger kriegst!«

»Hast du eine bessere Idee?«

Wir waren inzwischen schon fast an der Schule, da ist Hugo an uns vorbeigelaufen.

»Wo hast du denn deinen süßen Pulli?«, hab ich gerufen.

Und Aki hat ihm hinterhergebrüllt: »Rosa steht dir!«

Dann hat Aki mich angeschaut, und ich hab Aki angeschaut. Und wir hatten beide den gleichen Gedanken:

»Die Findekiste!«

Die Findekiste ist unter der Treppe, die in den ersten Stock führt. Aki hat Schmiere gestanden, und ich hab ganz schnell den Deckel aufgeklappt und den Schlüssel reingeworfen. Genau in dem Moment ist Herr Pommerenke um die Ecke gekommen und hat uns misstrauisch angeguckt, aber Aki hat ein ganz unschuldiges Gesicht gemacht und gefragt: »Herr Pommerenke, Franz hat gestern sein Pausen-

brot verloren. Haben Sie es vielleicht gesehen? Es war Quark mit Radieschen drauf. In der Findekiste ist es nicht.«

Ich musste kichern, aber Herr Pommerenke fand das überhaupt nicht lustig. »Quark? Ich quark euch gleich mal was!«

»Oh, das ich mochte horen«, hat da Miss Braitwhistle gesagt, die gerade in die Schule kam. »Ich liebe Enten.«

»Sie vielleicht, ab–«, fing Herr Pommerenke an, doch als er weiterreden wollte, kam nur Quaken aus seinem Mund. »Quak, quakquak, quaaaak!« Er verdrehte die Augen, griff sich an den Hals und fing fürchterlich an zu husten.

»Soll ich Ihnen auf den Rücken hauen?«, hat Aki gefragt. »Das hilft.«

Herr Pommerenke hat ein paarmal geschluckt, dann den Mund aufgemacht, und wir haben drauf gewartet, dass er wieder quakt, aber es kam kein Quaken mehr, nur das übliche Meckern: »Mir auf den Rücken hauen, so weit kommt's noch! Abmarsch, es klingelt gleich!«

Er scheuchte uns in unsere Klasse und rief uns hinterher: »Ach ja, schönes Nachsitzen wünsche ich euch noch!«

»Altes Ekel«, sagte Aki.

»See you later«, sagte Miss Braitwhistle und verschwand im Lehrerzimmer.

Aki hat mich angeschaut, und ich hab Aki angeschaut, und Aki hat gefragt: »Weißt du, was das heißt?«

»Keine Ahnung«, hab ich gesagt, »aber wir werden's sicher erfahren.«

In unserer Klasse war schon wieder ordentlich was los.

Die Puppenzwillinge schlugen mit ihren Puppen aufeinander ein. »Du hast die größere Hälfte gehabt!«, schrie Polly. »Genau, du hast die größere Hälfte gehabt!«, schrie auch Molly.

»Was haben die denn schon wieder?«, hab ich Henni gefragt. Die hat mit den Schultern gezuckt. »Ich hab Molly ein Stück Pfefferminzbruch gegeben, und sie hat's mit Polly geteilt, aber wohl nicht richtig.«

»Natürlich nicht!«, hat Polly gesagt. »Molly hat sich das größere Stück genommen!«

»Nein, Polly hat sich das größere Stück genommen!«

Und wieder haben sie sich ihre Puppen um die Ohren gehauen. Das war aber nicht schlimm, denn die sind ganz weich.

Henni hat in ihrer Mappe rumgewühlt und noch ein Stück Pfefferminzbruch gefunden. Es klebten Bleistiftanspitzerkrümel dran, aber das hat die Puppenzwillinge nicht gestört. Sie haben ein Lineal genommen und versucht, das Stück genau in der Mitte zu teilen.

Aber bevor sie damit fertig waren, hat sich Aki das Stück geschnappt und in den Mund gesteckt. »Sonst streitet ihr bloß wieder«, hat er gesagt. Da haben sie ihm die Puppen auf den Kopf gehauen. Aber Aki hat nur gelacht.

Hugo ist auf den Tisch geklettert und hat einen Gummiknüppel geschwungen. »Guckt mal, was ich hier habe! Den hat mir der Inspektor von der Schulpolizei gegeben, damit soll ich euch verhauen!«

Der Gummiknüppel sah aber ziemlich wabbelig aus, und wir haben ihm natürlich kein Wort geglaubt.

Pauline hat Hugo den Knüppel weggenommen und einen Knoten reingemacht. »Damit kannst du vielleicht deinen Hamster verhauen, aber nicht uns.«

Dabei hat Hugo keinen Hamster. Er hat überhaupt kein Haustier. Seine Mutter sagt, er sei gegen Tierhaare allergisch. Die einzigen Haustiere, gegen die er nicht allergisch sei, wären ein Goldfisch oder ein Krokodil. Ich glaube, wir fänden Hugo sehr viel interessanter, wenn er ein Krokodil hätte.

Als Hugo endlich seinen Knüppel entknotet hatte und uns damit hauen wollte, hat es zur Stunde geklingelt, und wir haben uns vorsichtshalber auf unsere Plätze gesetzt, weil wir dachten, der Inspektor von der Schulpolizei würde vielleicht wiederkommen. Sicher ist sicher.

Er kam aber nicht, es kam überhaupt keiner.

Nach einer Weile wurde uns das Stillsitzen langweilig, wir sind wieder aufgesprungen und in der Klasse rumgerannt.

Da wurde die Tür aufgerissen, und Frau Sauermann streckte ihren Kopf rein.

Frau Sauermann ist die Klassenlehrerin der 4b. Und sie ist genauso langweilig wie ihre Klasse.

»Was ist denn hier los? Wie soll man denn bei dem Krach unterrichten?«

Die 4b ist in dem Klassenraum neben unserem. Man hört nie was von denen, weil sie immer arbeiten. Ständig schreiben sie Diktate oder Mathearbeiten oder Vokabeltests. Und sie machen es auch noch gern.

»Wir warten auf Frau Taube«, hat Pauline gesagt.

»Du scheinst hier die einzig Vernünftige zu sein«, meinte Frau Sauermann. »Geh bitte runter zum Lehrerzimmer und frag nach, wo Frau Taube bleibt, und der Rest der Klasse schlägt das Deutschbuch auf Seite 23 auf und macht die Aufgaben zehn bis fünfzehn.«

Pauline und Frau Sauermann waren weg, und ich hab das Deutschbuch aufgeschlagen, aber die Aufgaben zehn bis fünfzehn haben mir nicht gefallen, also hab ich das Buch wieder zugeklappt.

Nach kurzer Zeit ist Pauline wiedergekommen, aber sie war nicht allein. Herr Fischli war bei ihr.

»Es tut mir sehr leid, aber Frau Taube hat gerade angerufen, sie kommt nicht mehr.«

»Nie mehr?«, hat Annalisa gefragt, und ich dachte schon, gleich fängt sie an zu heulen, aber sie hat eigentlich ganz fröhlich ausgesehen. Nur Hugo hat ein dummes Gesicht gemacht, kein Wunder, er war Frau Taubes Lieblingsschüler.

»Frau Taube macht eine Kur, und danach wird sie an einer anderen Schule unterrichten«, hat Herr Fischli gesagt und uns scharf angeguckt. »Ich frage euch: Habt ihr etwas damit zu tun?«

Hugo hat sich gemeldet. »Ich bestimmt nicht, Herr Fischli, aber die anderen, die haben immer –«

Er konnte nicht weitersprechen, denn Aki hat ihn mit dem Zirkel gepikst. Nicht doll, nur ein bisschen. Aber Hugo hat die Warnung verstanden.

»Sprich ruhig weiter, Hugo. Was haben die anderen gemacht?«, wollte Herr Fischli wissen.

»Nichts«, hat Hugo gesagt. Und das war sein Glück.

»Nun, wie auch immer, bis wir eine Vertretung für Frau Taube finden, werdet ihr euch mit in die 4b setzen und dort am Unterricht teilnehmen.«

Das waren ja grauenvolle Aussichten!

»Müssen wir dann trotzdem noch nachsitzen?«, hat Max gefragt.

Herr Fischli versuchte, ein strenges Gesicht zu machen. »Glücklicherweise ist gestern niemand verletzt worden. Aber ich muss ja wohl kaum sagen, was für einen schlechten Eindruck dieser Zwischenfall auf den Schulinspektor gemacht hat. Wenn derjenige sich meldet, der den Tafelschwamm geworfen hat, erlasse ich euch das Nachsitzen.«

Auwei, das war echt fies. Denn natürlich haben alle Aki angeguckt. Aber Aki ist ganz ruhig geblieben und hat gesagt: »Annalisa hat mir den Schwamm hinten in den Kragen gestopft, ich hab ihn rausgezogen, und er ist mir aus der Hand geflutscht und auf den Boden, und der Inspektor ist draufgetreten und –«

»Schon gut, was danach passiert ist, hab ich ja gesehen. Stimmt das, Annalisa, hast du Aki den Schwamm in den Kragen gesteckt?«

Annalisas Unterlippe hat schon wieder gezittert. »Aber nur, weil er ihn mir vorher an den Kopf geworfen hat!«

»Nein! Ich hab ihn Pauline an den Kopf geworfen, weil die was Gemeines über uns Jungs gesungen hat«, rief Aki.

Nun fing Pauline an: »Das war nicht gemein, das war die reine Wahrheit!«

Und schon schrien alle durcheinander.

»Die Jungs sind immer nur gemein! Und blöd!«

»Die Mädchen sind immer nur fies! Und zickig!«

»Ruhe!«, hat Herr Fischli gebrüllt. »Ruhe! Ihr sitzt nicht eine, sondern zwei Stunden nach.«

Das war natürlich ein Schock. Vor Schreck sind wir ganz still gewesen. Der Einzige, der was gesagt hat, war Hugo.

»Aber meine Mutter macht sich Sorgen, wenn ich nicht pünktlich nach Hause komme.«

»Mamakind«, hat Aki gesagt.

Meine Mutter macht sich auch Sorgen, aber das hätte ich mich nie getraut zu sagen.

»Und ich komme zu spät zum Mittagessen!«, rief Max.

»Ich werde eure Eltern anrufen und sagen, dass ihr später kommt«, hat Herr Fischli gesagt.

»Bei uns gibt's heute Sauerkraut«, sagte Polly.

»Genau, bei uns gibt's heute Sauerkraut. Und Würstchen, ätsch!« Molly hat Polly die Zunge rausgestreckt, und Polly hat Molly die Zunge rausgestreckt, aber ein Stückchen weiter, und Herr Fischli hat sehr ungemütlich ausgesehen und gesagt: »Es reicht jetzt. Wenn ich von Frau Sauermann auch nur die kleinste Klage höre, sitzt ihr die ganze Woche nach!«

7

DIE ELBE IST EIN LANGER FLUSS

Und dann mussten wir unsere Stühle nehmen und rüber in die 4b gehen.

»Jeder von euch setzt sich mit an einen Tisch«, hat Frau Sauermann befohlen. »Aber leise!«

Es war dann doch nicht leise, weil keiner wollte, dass sich Hugo zu ihm an den Tisch setzt, und weil die Puppenzwillinge sich zusammen auf einen Stuhl gequetscht haben und damit umgekippt sind. Und Aki war sauer, weil er nicht mit mir an einen Tisch durfte, sondern sich neben ein Mädchen setzen musste, das mindestens hundert pinke Haarklammern auf dem Kopf hatte. Es war wirklich nicht seine Schuld, dass dabei ihre Federtasche runterfiel und lauter pinke Stifte rauskullerten.

»Kein Wunder, dass Frau Taube die Schule verlässt«, hat Frau Sauermann gesagt. »Ihr seid wirklich die schlimmste Klasse der ganzen Schule.«

Ich hab mich zu Tobias gesetzt, der ist zwar auch doof, aber nicht ganz so doof wie die anderen, immerhin spielt er Fußball in unserer Schul-Elf.

»Wie habt ihr es geschafft, die Taube zu vergraulen?«, hat er mir zugeflüstert. »Könnt ihr das mit der Sauermann nicht auch machen?«

Ich schüttelte den Kopf. »Da muss euch schon selber was einfallen.«

Wäre ja noch schöner, wenn wir für die 4b jetzt auch noch die Drecksarbeit machen sollten.

Und dann folgten die schrecklichsten Schulstunden, die man sich nur vorstellen kann.

Es fing an mit einem Diktat, in dem lauter Wörter vorkamen, von denen ich noch nie etwas gehört hatte und von denen ich erst recht nicht wusste, wie man sie schreiben sollte.

In der nächsten Stunde mussten wir Rechenaufgaben im Kopf lösen. Dazu sollten wir alle aufstehen, und setzen durfte sich erst der, der die richtige Antwort gewusst hatte. Natürlich mussten wir ewig stehen bleiben, während die 4b längst saß und uns hämisch angrinste.

Aki hat mich angeschaut, und ich hab Aki angeschaut, und wir haben dasselbe gedacht: »Euch werden wir's schon noch zeigen!«

Aber erst einmal zeigten die es uns.

Nach der Mathestunde kam Sachkunde. Es ging um

Städte und Flüsse und die Länder, in denen die liegen oder fließen. Ich hasse *Stadt-Land-Fluss*, weil da immer mein Opa gewinnt, der so komische Städte wie Ibbenbüren oder Castrop-Rauxel kennt und damit dann die doppelte Punktzahl bekommt. Und das hier ist nicht besser gewesen.

»An welchem Fluss liegt Köln?«, hat Frau Sauermann gefragt und auf mich gezeigt. Köln? Fluss? Ich war noch nie in Köln, ich wusste überhaupt nicht, dass es da einen Fluss gibt.

»Nun sag schon, schnell!« Frau Sauermann durchbohrte mich mit ihren Blicken, ihre Augen sahen aus wie grüne Murmeln, die in ein Schlammloch gefallen waren.

Der einzige Fluss, den ich kenne, ist die Elbe, weil meine Eltern, meine kleine Schwester und ich da letzten Sommer mit dem Rad langgefahren sind. Eine Woche waren wir unterwegs, aber die Elbe geht noch viel weiter, sie ist ein sehr langer Fluss, vielleicht kommt sie ja irgendwann auch an Köln vorbei?

»Elbe«, hab ich gesagt. »Köln liegt an der Elbe.«

Die ganze 4b hat gelacht. Es klang nicht nett.

»Wie heißt du?«, hat Frau Sauermann mich gefragt, und ehe ich was sagen konnte, hat sich Tobias gemeldet und gesagt: »Der heißt Franz.«

»Jetzt hör mir mal gut zu, Franz«, hat Frau Sauermann gesagt, und jetzt sahen ihre Augen nicht mehr wie schlammige Murmeln, sondern wie tiefgefrorene Erbsen aus. »Wer behauptet, Köln läge an der Elbe, hat in der vierten Klasse nichts verloren.«

Hieß das, ich durfte gehen? Prima. Ich hab meine Mappe genommen und wollte gerade aus der Klasse, da rief Frau Sauermann: »Wo willst du denn hin, Junge?«

»Sie haben doch gesagt, ich hätte in der vierten Klasse nichts verloren.«

Jetzt lachten alle noch lauter, nicht nur die 4b, sondern auch die 4a. Und Aki hat gemeint: »Ich will auch nach Hause, ich hab nämlich geglaubt, Köln liegt am Nil.«

Und Max packte schon seine Stifte ein.

»Halt, hiergeblieben!«, rief Frau Sauermann. »Das könnte euch so passen. Auch den dümmsten Schülern kann man etwas beibringen.«

Und das tat sie dann auch. Wir mussten abwechselnd nach vorn kommen und auf der Landkarte Flüsse und Städte zeigen.

Am Ende schwirrte mir der Kopf, und alles ging durcheinander: Liegt der Main nun an der Mosel oder München an der Spree?

Als es endlich zur Pause geklingelt hat, waren wir fix und fertig.

Leider durften wir nicht auf den Hof, weil's geregnet hat. Ich finde das blöd, schließlich lösen wir uns im Regen doch nicht auf.

Frau Sauermann hat gesagt: »Benehmt euch, nicht dass

mir irgendwelche Klagen kommen.« Dann ist sie aus der Klasse gegangen.

»Habt ihr gehört?«, hat Aki zu denen aus der 4b gesagt: »Benehmt euch!«

Dann hat er die Füße auf den Tisch gelegt und dabei die Federtasche von dem Mädchen mit den pinken Haarklammern runtergefegt. Aber diesmal mit Absicht.

»Heb das wieder auf!«, hat die gesagt.

»Heb's doch selber auf«, hat Aki gesagt.

Jetzt hat sich ein Junge eingemischt, der ziemlich groß und ziemlich finster aussah. »Du hebst jetzt sofort Rosas Federtasche auf, oder es passiert was.«

Aki hatte immer noch die Beine auf dem Tisch. »Ach ja? Was denn?«

Der große Junge hat nicht geantwortet, er ist zu Aki gegangen, hat Akis Beine hochgehoben, sodass er das Gleichgewicht verlor und nach hinten fiel. Es hat einen ziemlichen Knall gegeben.

Aki ist mein Freund, das konnte ich nicht zulassen. Der Junge wollte wieder zu seinem Platz zurück, aber ich hab ihn am Ärmel festgehalten und gesagt: »Du hebst jetzt sofort meinen Freund Aki auf, oder es passiert was!«

»Haha!«, hat der Junge nur gesagt, aber es klang überhaupt nicht lustig. Er war mindestens einen Kopf größer als ich und roch fies nach Mettwurstbrötchen. Ich hab versucht, ihn zu Boden zu schubsen, aber er hat nur noch mehr gelacht und mich in den Schwitzkasten genommen. Das hat ziemlich wehgetan. Ich hatte die Typen der 4b anscheinend doch unterschätzt.

Aki lag immer noch auf dem Boden und hat gejammert: »Mein Knie tut weh! Mein Knie ist gebrochen!«

Plötzlich stand Clemens neben mir, warf seinen Schal zurück und baute sich vor dem Jungen auf. Wollte er ihm etwa eine reinhauen? Ich hab noch nie erlebt, dass Clemens sich mit irgendjemandem geprügelt hätte.

»Lass ihn los, Albrecht«, hat Clemens gesagt. »Sonst erzähle ich Frau Zacharias, dass du es warst, der seine Popel zwischen die Tasten ihres Flügels geschmiert hat.«

Inzwischen waren auch die anderen Jungs aus meiner Klasse näher gekommen.

Akis Knie schien wieder in Ordnung zu sein. Er stellte sich vor diesem Albrecht in Positur und schwang die Fäuste. Da ließ der mich los. Aber wohl eher wegen Clemens' Drohung als aus Angst vor Akis Fäusten.

»Finger weg von Franz!«, kreischte da Hugo. Typisch. Der taucht immer dann auf, wenn eh schon alles vorbei ist.

»Mit Kleinkindern prügele ich mich sowieso nicht«, sagte Albrecht und ging aus der Klasse.

Die Mädchen hatten mal wieder nichts mitbekommen, sie hockten mit den Mädchen aus der 4b zusammen, guckten sich irgendwelche Heftchen an und kicherten, als seien sie seit hundert Jahren beste Freundinnen. Verräterinnen, das waren sie!

»Und was ist das für eine Geschichte mit den Popeln?«, fragte ich Clemens.

»Albrecht und ich haben beide Klavierunterricht bei Frau Zacharias«, sagte Clemens.

Der spielte Klavier? Der Typ sah eher aus, als würde er für die Meisterschaften im Schwergewicht trainieren.

»Er spielt nicht gut«, hat Clemens gesagt. »Und er kann die Zacharias nicht leiden. Und da hat er neulich am Ende der Stunde Popel zwischen die Tasten geschmiert. Die Zacharias hat's aber erst am nächsten Tag gemerkt, und ich hab nichts gesagt, weil Albrecht ziemlich unangenehm werden kann.«

Das glaubte ich Clemens aufs Wort.

Die Pause war fast vorbei, und der Einzige, der was davon gehabt hatte, war Max, denn der war wenigstens satt.

In der nächsten Stunde hatten wir Sport, und das Gute daran war, dass wir endlich aus dieser Klasse kamen. Wenn auch mit knurrendem Magen.

Auf dem Weg zur Turnhalle haben Aki und ich Ausschau nach Miss Braitwhistle gehalten. Wir wollten sie nämlich fragen, ob sie die Sauermann auch quaken lassen kann. Oder muhen wie eine Kuh oder wiehern wie ein Pferd. Irgendwas. Aber wir haben keine Miss Braitwhistle gesehen.

8

IM SCHRANK NIEST EINER

Herr Fischli hat schon in der Turnhalle auf uns gewartet. Er trägt beim Sportunterricht einen Trainingsanzug, in dem er sehr ulkig aussieht. Der Anzug ist hellblau und hat knallgelbe und lila Streifen an der Seite. Die Farben tun richtig in den Augen weh.

»So könnt ihr mich wenigstens nicht übersehen«, sagt er immer.

Wir mussten die Böcke in die Halle schieben, denn Herr Fischli meinte, er habe gestern gesehen, wie wir uns gegenseitig den Buckel runtergerutscht seien, und da müssten wir wohl noch etwas üben.

Pauline und Aki durften die beiden Mannschaften bilden. Bei den Mädchen blieb Henni übrig. Die will niemand in seiner Mannschaft haben, weil sie immer den Startpfiff verpennt oder den Staffelstab fallen lässt. Und von den Jungs war natürlich Hugo der Letzte, weil er sich beim Völkerball immer duckt, wenn der Ball auf ihn zufliegt.

Schließlich musste Hugo in Paulines Mannschaft und Henni in die von Aki. Für jeden, der es schaffte, über den Bock zu springen, ohne aufzusitzen, sollte es einen Punkt geben.

Das war ganz schön schwer, und obwohl wir Aki in unserer Mannschaft hatten, der von allen der Sportlichste ist, haben wir verloren, denn er kam nicht über den Bock, weil er der Kleinste von uns ist. Aber er hat gesagt, daran sei nur Albrecht aus der 4b schuld, weil der ihm sein Knie zertrümmert hätte.

»Müssen wir morgen etwa wieder in die 4b?«, hat Aki Herrn Fischli gefragt.

»Hat es euch etwa nicht gefallen?«

»Nein!«, haben wir ganz laut gerufen. Sogar die Mädchen.

»Das verstehe ich nicht, Frau Sauermann ist eine sehr tüchtige Lehrerin«, hat Herr Fischli gesagt. »Und die 4b eine sehr nette Klasse.«

Das fanden wir ja nun gar nicht, und Annalisa meinte: »Aber wir haben da gar nicht genug Platz.«

»Genau, wir mussten die meiste Zeit stehen«, sagte Max. Natürlich hat er nicht gesagt, warum wir stehen mussten, weil wir nämlich die blöden Rechenaufgaben nicht rechnen konnten.

Herr Fischli hat »Hm, hm« und ein nachdenkliches Gesicht gemacht. Dann hat er gesagt: »Ich habe Miss Braitwhistle gebeten, dass sie euer Nachsitzen beaufsichtigt. Wenn ihr euch anständig benehmt, kann ich sie vielleicht überreden, dass sie die Vertretung bei euch übernimmt, zumindest so lange, bis wir einen Ersatz für Frau Taube gefunden haben.«

Ich hab Aki angeschaut, und Aki hat mich angeschaut, und ich hab gesagt: »Solange sie nicht versucht, uns Englisch beizubringen, soll's mir recht sein.«

»Besser als die Sauermann ist sie auf jeden Fall«, hat Aki gesagt. Aber dazu gehörte ja nicht viel.

Als wir aus den Umkleideräumen kamen, hab ich gehört, wie Annalisa sagte: »Ich will die nicht. Die ist so komisch, ich glaub, das ist 'ne Hexe.«

»Die Sauermann ist auch 'ne Hexe«, hat Aki gesagt.

»Ja, aber die Bratwiesel ist eine richtige Hexe. Ich hab genau gesehen, wie sie das Laub in die Säcke gezaubert hat.«

»So ein Quatsch!«, hat Aki gesagt.

»Hexen gibt's nicht«, hab ich gesagt, aber so ganz sicher war ich mir da nicht. Ich hatte nämlich zu Hause versucht, einen Kopfstand zu machen. Doch ich bin jedes Mal umgekippt. Gestern in der Klasse hatte es aber geklappt, sogar bei Hugo. Und wer Hugo dazu bringen kann, Kopfstand zu machen, muss zaubern können.

Auf dem Schulflur sind uns die aus der 4b entgegengekommen. Die hatten jetzt Schluss und durften nach Hause gehen.

»Viel Spaß beim Nachsitzen!«, hat ein Mädchen gerufen. Und Albrecht hat gesagt: »Tut mir echt leid für euch.« Er meinte es bestimmt nicht nett, denn er hat mir den Stinkefinger gezeigt.

Wir sind in unsere Klasse gegangen und haben auf Miss Braitwhistle gewartet, aber sie kam nicht. Aus lauter Langeweile haben wir angefangen, mit unseren Turnbeuteln herumzuwerfen. Dabei ist aus Hugos Turnbeutel einer seiner Schuhe gefallen, genau auf Paulines Tisch. Pauline hat sich die Nase zugehalten und so getan, als ob sie gleich ohnmächtig werden würde.

»Igitt, das stinkt ja wie zehn tote Hamster.«

»Nimm das sofort zurück!«, hat Hugo gebrüllt. Aber Pauline hat seinen Schuh in den Papierkorb geworfen und gesagt: »Nicht wie zehn tote Hamster, sondern wie hundert tote und schon halb verfaulte und verschimmelte Hamster.«

Hugo hat seinen Schuh aus dem Papierkorb geholt und den Korb Pauline über den Kopf gestülpt. Na, die hat vielleicht ausgesehen. Sie war total bedeckt mit Papierschnipseln und Brotkrümeln, in ihren Haaren klebte ein halb gelutschter Bonbon.

Hugo war wirklich mutig, denn mit Pauline lässt man sich besser nicht ein, sie ist nicht nur das größte Mädchen der Klasse, sondern auch das stärkste. Und das hat sie ihm auch gleich gezeigt.

Sie hat den Eimer mit dem Wischwasser hochgehoben, sich zu Hugo umgedreht, aber der hat natürlich nicht drauf gewartet, dass Pauline ihm das Wasser ins Gesicht kippt, sondern sich im Klassenschrank versteckt und die Tür von innen zugehalten. Das ganze Wasser ist auf den Boden geschwappt. Das war eine ziemliche Sauerei.

Pauline hat am Schrank gerüttelt und gerufen: »Komm raus, wenn du kein Feigling bist!«

Aber Hugo ist ein Feigling, und deswegen kam er auch nicht raus.

Aki wollte Pauline helfen, die Schranktür aufzubrechen, und hatte schon sein Lineal in den Spalt geschoben, da ging die Tür auf, und Miss Braitwhistle kam herein.

Ruck, zuck saßen Pauline und Aki wieder auf ihren Plätzen.

»Good afternoon, I'm happy to see you!«, hat Miss Braitwhistle gesagt. »Nun, was das heißt auf Deutsch?«

Dass happy *glücklich* heißt, weiß ja wohl jeder. Wir haben aber nicht sehr happy ausgesehen, denn wir hatten keine Lust auf Englischunterricht.

Annalisa hat sich gemeldet: »Miss Bratwiesel, wir müssen nur nachsitzen und nichts lernen.«

»Wirklich?«, hat Miss Braitwhistle gesagt. »Ich finde, man kann immer etwas lernen, auch beim Sitzen nach.«

Dann hat sie eine Liste aus ihrer Tasche gezogen und unsere Namen vorgelesen, um zu sehen, ob auch keiner schwänzt.

»Hugo?«, hat sie gefragt. Aber Hugo konnte sich nicht melden, der steckte ja im Schrank.

»Habt ihr gesehen Hugo?«

»Vorhin war er noch da«, hat Aki gesagt, und das war die Wahrheit.

»Dann muss ich Hugo schreiben auf«, hat Miss Braitwhistle gesagt.

In diesem Moment hörte man aus dem Schrank lautes Niesen, dann ein Poltern, und schließlich plumpste zusammen mit einem Karton Tafelkreide, einem ausgestopften Wiesel und jeder Menge alter Bücher Hugo aus dem Schrank.

Ich hab gedacht, dass Miss Braitwhistle gleich fürchterlich anfangen wird zu schimpfen, aber sie hat Hugo, der auf dem Boden lag und immer noch geniest hat, nur angesehen und gesagt: »Mir scheint, du hast eine Allergie gegen Kreide, my dear.«

Hugo hat sich dann auf seinen Platz gesetzt, und Miss Braitwhistle hat in die Hände geklatscht und gesagt: »So, nun wir sind alle da und konnen anfangen.«

»Womit anfangen?«, hat Henni dumm gefragt.

»Mit dem Sitzen nach ... ja, nach wohin sitzen wir denn?«

Aki und ich sahen uns an und mussten kichern, dann sagte Aki frech: »Wohin Sie wollen, Miss Braitwhistle.«

Miss Braitwhistle hat ihre Tasche geöffnet, die Stirn gerunzelt und gesagt: »Oh, meine Tee ist alle. Wir sollten haben etwas Tee, was meint ihr?«

»Nur wenn's auch was zu essen gibt!«, hat Max gerufen.

»Bei einer englischen tea time gibt es immer zu essen«, hat Miss Braitwhistle gesagt. »Well, seid ihr bereit?«

Sie hat sich auf ihren Stuhl gesetzt und ihre Tasche auf die Knie gestellt. »Haltet euch gut fest, children, wir sitzen nach Melton Mowbray und besuchen Lord und Lady Wolsingham-Wooley.«

Ich hab Aki angeschaut, und Aki hat mich angeschaut, und dann hab ich gesagt: »Verstehst du, was sie meint?«

Aki hat den Kopf geschüttelt. »Keine Ahnung.«

Die anderen waren aber auch nicht klüger.

»Wird das jetzt ein Spiel wie *Reise nach Jerusalem*?«, hat Pauline gefragt.

Miss Braitwhistle hat gesagt: »Frag nicht, halte dich fest, off we go!« Dann hat sie ihre Trillerpfeife aus der Tasche gezogen und gepfiffen.

Pauline fand das wohl komisch und hat gelacht, aber nicht lange, denn plötzlich fing ihr Stuhl an zu ruckeln. Meiner auch. Er ruckelte nicht nur, er bewegte sich!

Ich wollte aufspringen, aber irgendwie saß ich drauf wie festgeklebt.

Auch Miss Braitwhistles Stuhl bewegte sich, wie ein Karnickel hoppelte er zur Tür, die Tür öffnete sich, und der Stuhl hüpfte in den Flur. Und unsere Stühle hüpften hinterher.

Annalisa fing an zu heulen: »Ich will runter! Mir wird schlecht bei dem Geholper!«

Aber nun hoppelten wir nicht länger, sondern flogen, ja, wir flogen wirklich. Nicht sehr schnell und nicht sehr hoch. Es war eher so eine Art Schweben.

Wir schwebten also auf unseren Stühlen den Flur entlang. An der Wand hingen die Bilder, die wir zum Thema »Herbst« gemalt hatten. Auf allen war unsere Kastanie drauf. Das einzige Bild, das anders aussah als die übrigen, war das von Henni. Sie hatte nicht zugehört, als Frau Taube uns die Aufgabe stellte, und die Kastanie im Frühling und mit weißen Blüten gemalt. Ich hab mir die Bilder nie so genau angeguckt, aber jetzt blieb mir nichts anderes übrig, weil wir direkt an ihnen vorbeigeschwebt sind. Hennis hat mir am besten gefallen, die anderen waren alle so hässlich braun.

Schwups, waren wir am Lehrerzimmer vorbei, und es ging raus auf den Hof. Ich war gespannt, was wohl Herr Pommerenke sagen würde, wenn er uns so sah. Bestimmt ist das Schweben auf Stühlen nicht erlaubt. Herr Pommerenke war aber glücklicherweise nirgendwo zu sehen. Mir machte das Ganze nämlich inzwischen richtig Spaß.

Neben mir erschien nun Aki. Er hatte seine Arme ausgestreckt, so als würde er ein Lenkrad festhalten.

»Brumm! Brumm!«, machte er dabei und rüttelte an einem unsichtbaren Schalthebel. »Schneller, du lahme Ente!«

»Hey, das ist keine Ente«, sagte ich zu Aki. »Das ist ein Stuhl.«

Annalisa hatte aufgehört zu heulen, ich hab gehört, wie sie sich hinter mir mit Polly und Molly darüber unterhielt, dass es ja eigentlich viel bequemer sei, wenn man statt auf einem Stuhl auf einem Sessel sitzen könnte. Der hätte wenigstens Armlehnen.

Miss Braitwhistle fuhr oder schwebte oder was auch immer hinter uns und rief die ganze Zeit: »Sitzt nicht so krumm! Ein gerader Rucken ist ein Entzucken. Haltung, my dear, Haltung ist alles!«

Aber so einfach war das mit der Haltung ja nicht, denn ab und zu haben die Stühle gewackelt oder sackten ein Stück

skate

abwärts, so wie ein Flugzeug, wenn es in ein Luftloch fällt. Das hat vielleicht im Magen gekribbelt!

Ich dachte, dass wir auf dem Schulhof anhalten würden, aber wir flogen einfach weiter. Vorbei an der Kastanie, mit einem Satz über die Mauer und hinein in den Park.

9

EIN PFERD KOMMT ZUM TEE

Jetzt wurde es mir langsam doch ein wenig unheimlich. Wo wollte Miss Braitwhistle denn bloß mit uns hin?

»Vielleicht halten wir am Spielplatz«, sagte Aki zu mir. Aber wir haben nicht am Spielplatz gehalten, sondern sind dran vorbei und quer über die Wiese, die plötzlich viel größer aussah als sonst. Und der Rasen war auch viel grüner, und es lagen keine leeren Flaschen, Zigarettenkippen oder Hamburgerverpackungen rum und auch kein Hundedreck.

»Guck mal!«, hat Aki plötzlich gesagt und nach vorn gezeigt.

Wir flogen auf ein Haus zu, das hatte ich noch nie gesehen, und ich kenne den Park wie meine Hosentasche. Nein, besser als meine Hosentasche, denn da weiß ich nie genau, was drin ist.

Aki kannte das Haus auch nicht. Und eigentlich war es auch gar kein richtiges Haus, sondern mehr so ein Schloss.

Mit ganz vielen Fenstern und hier einem Türmchen und da einem Erkerchen und alles aus grauem Stein.

Von einem der Türme wehte eine Fahne.

»Das ist die Fahne von England«, hat Clemens gemeint, der direkt hinter mir flog. »Der Union Jack.«

Aki und ich fanden es lustig, dass eine Fahne Jack heißt wie ein Mensch. Aber warum hing die da?

Doch ehe ich darüber nachdenken konnte, wurden unsere Stühle langsamer und flogen tiefer und noch tiefer, sodass man mit der Fußspitze fast das Gras berühren konnte.

Und plötzlich gab es einen Ruck, mein Stuhl hat gewackelt, und ich hab mich gefühlt, wie wenn man zu heftig kippelt und gleich umkippt. Und dann waren wir auch schon gelandet.

Hugo ist natürlich vom Stuhl geplumpst, aber das tut er auch in der Klasse oft, und hier ist er wenigstens aufs Gras gefallen, und das war nicht nur sehr grün, sondern auch sehr weich.

Miss Braitwhistle hat wieder gepfiffen, und wir mussten uns in Zweierreihen aufstellen. Dann ist sie an uns entlanggegangen und hat an jedem von uns herumgezupft und -gezerrt. Polly hat sie die Bluse in den Rock gestopft und Molly die Strümpfe hochgezogen. Clemens hat sie die Hosenbeine runtergekrempelt, und zu mir hat sie gesagt, ich soll meine Schuhe ordentlich zubinden. Aber Aki erwischte es am schlimmsten. Sie hat einen Kamm genommen und versucht, einen Scheitel in seine Locken zu ziehen. Das hat nicht funktioniert, da hat sie sich in die Hand gespuckt und ist ihm damit über die Haare gefahren, danach lagen sie flach wie ein Brett am Kopf.

Dann machte sie ein paar Schritte zurück, schaute uns an und zog eine Augenbraue hoch. »So kann ich nicht vorstellen euch, no way!« Wir wussten nicht, was sie meinte, nur dass wir einen Bärenhunger hatten.

»Wann gibt's denn was zu essen?«, hat Max gefragt. »Ich falle gleich tot um.«

»Und dann du liegst als Leiche auf die Rasen, no chance!«

Miss Braitwhistle hat ihre Tasche geöffnet und darin herumgewühlt. Dann hat sie etwas herausgezogen. Einen roten Mantel mit so weißem Puschelfell am Kragen. Es sah aus wie der Mantel vom Weihnachtsmann. Aber er hat ihr wohl nicht gefallen, denn sie hat den Kopf geschüttelt und ihn wieder zurückgestopft. Dann hatte sie plötzlich eine Jacke in der Hand. Sie war dunkelgrün, hatte goldene Knöpfe und auf der Brusttasche so eine Art Wappen. Miss Braitwhistle hat die Jacke von allen Seiten betrachtet und leise durch die Zähne gepfiffen. »Perfect, that will do it.«

Wir wussten immer noch nicht, was sie vorhatte, doch dann rief sie Pauline nach vorn, und die musste die Jacke anziehen.

»Passt!«, hat sie gesagt.

»Passt!«, hat auch Pauline gesagt.

Und dann ging es ruck, zuck: Eine grüne Jacke nach der anderen holte sie aus ihrer Tasche, und wir mussten sie anziehen. Sie haben alle gepasst. Sogar Clemens mit seinen langen Armen und Max mit seinem dicken Bauch.

»You're looking great, children«, hat Miss Braitwhistle gesagt. »Ihr seht aus wie Schuler von private Schule, sehr teuer.«

Ich fand nicht, dass wir teuer aussahen, eher komisch. Besonders Hugo, der ist in seiner Jacke rumstolziert wie ein aufgeblasener Pfau.

»Und was ist mit Polly?«, hat Molly gefragt und ihre Puppe hochgehalten.

»Und was ist mit Molly?«, hat Polly gefragt und auch ihre Puppe hochgehalten.

Die Puppen hatten natürlich keine grünen Jacken an.

»Well«, hat Miss Braitwhistle gesagt und wieder in ihrer Tasche gewühlt. »Die sollten passen.« Sie hat Molly zwei Puppenjacken gegeben, die genauso aussahen wie unsere, nur kleiner.

»Süß, goldig!«, haben die beiden gekreischt. Aber dann meinte Polly, dass Mollys Jacke grüner sei, und Molly sagte, Pollys Knöpfe seien goldener, und sie haben sich wieder gegenseitig ihre Puppen auf den Kopf gehauen.

Und Hugo fing an zu jammern: »Die Jacke juckt! Ich hab eine Allergie gegen Schafwolle.«

Und Clemens meinte, dass die Farbe von seinem Schal nicht zu dem Grün der Jacke passen würde.

Miss Braitwhistle hat wieder gepfiffen und gesagt, dass wir uns benehmen und ihr folgen sollen. Dann ist sie so schnell auf das große Haus zugelaufen, dass wir kaum hinterhergekommen sind. Wir mussten ja auch noch die Stühle tragen, die konnten wir ja schlecht mitten in der Pampa stehen lassen.

»Was machen wir jetzt da?«, hab ich Aki gefragt.

»Keine Ahnung«, hat Aki gesagt. »Ich hoffe, wir kriegen wenigstens was zu trinken.«

»Bestimmt nicht«, hat sich Clemens eingemischt. »Das sieht aus wie ein Museum, und im Museum gibt's nie was zu trinken. Höchstens Filzpantoffeln, die einem zu groß sind und die nach Käse stinken.«

Auf der Stelle hab ich einen riesigen Durst gekriegt.

Dann sind wir an einem großen Tor angekommen. Es hat aber keine Klingel gegeben, nur einen altmodischen Klopfer, der aussah wie der Kopf von einem Hund, den man zusammengepresst hat.

Miss Braitwhistle hat den Presskopf in die Hand genommen und fallen gelassen. Es hat ordentlich gedröhnt.

Nach einer Weile ist die Tür aufgegangen, und es stand ein Mann da in einer gestreiften Weste und einer Bügelfalte in der Hose, an der man sich hätte schneiden können.

»Mylady?«, hat er gefragt, und es klang, als ob er Schnupfen hätte.

»We are coming to see Lady Prudence«, hat Miss Braitwhistle gesagt.

»We?« Der Typ hat uns angeschaut und dabei die Oberlippe hochgezogen, als ob er was Unangenehmes riechen würde.

»Was hat der denn? Ist ihm schlecht?«, hat Aki gefragt, aber ehe Miss Braitwhistle etwas sagen konnte, haben wir lautes Bellen gehört, und ein Hund ist auf uns zugeschossen.

Sein Körper sah aus wie eine riesige zu fest gestopfte Wurst, und sein Kopf hatte große Ähnlichkeit mit dem Türklopfer.

»Das ist eine Bulldogge«, hat Clemens gesagt.

Ich hatte noch nie eine Bulldogge gesehen, und das war auch besser so. Sie war wirklich nicht schön, aber dafür sehr laut. Die Bulldogge bellte, und dabei tropfte ihr Sabber aus dem Maul.

Annalisa fing an zu heulen. »Nicht beißen! Nicht beißen!«

Aber der Hund hat sich gar nicht für Annalisa interessiert, sondern nur für Miss Braitwhistles Tasche. Sie hat reingegriffen und einen Hundekuchen rausgezogen. Und ehe sie Pieps sagen konnte, war der auch schon in dem sabbernden Maul verschwunden, und die Bulldogge fing wieder an zu bellen.

»Andrew, shut up!«, rief da eine Frau, und dann hat sie noch mehr gerufen, aber das konnten wir nicht verstehen, weil es englisch war.

Die Frau sah nicht sehr hübsch aus. Sie war groß und dünn, hatte ein langes Gesicht, Zähne wie ein Pferd und ein Nest aus Haaren auf dem Kopf, das aussah, als würden irgendwelche Vögel drin brüten.

»Children, darf ich euch Lady Prudence vorstellen?«, hat Miss Braitwhistle gefragt.

Am liebsten hätte ich Nein gesagt, aber das wäre sicher nicht höflich gewesen. Und dann hat eine große Standuhr fünfmal geschlagen. Das konnte doch nicht sein!

Ich hab Aki angestoßen. »Guck mal, die Uhr. Ist es wirklich schon fünf?«

»Quatsch«, hat Aki gesagt. »Um fünf hab ich Training.«

»Oh, it's tea time!«, hat Lady Prudence gerufen, und wir mussten mit ihr in ein großes Zimmer, da standen zwei riesige Sofas und ebenso riesige Sessel vor einem Kamin. Wir sollten uns alle hinsetzen. Die Sessel waren so groß, da haben gleich vier von uns reingepasst.

Miss Braitwhistle hat ganz vornehm auf einem Stuhl aus rotem Samt mit schnörkeligen Beinen Platz genommen, der unter Frau Klawitter bestimmt sofort zusammengebrochen wäre. Dann hat sie eine Augenbraue hochgezogen und gemeint: »Setzt euch gerade, please! Wir sind bei feinen Leuten.«

Lady Prudence hat zwei Finger in den Mund gesteckt und gepfiffen. Das klang aber nicht fein.

»Wenn ich ›Andrew‹ rufe, kommt der Hund«, hat sie zu uns gesagt. »Ich will aber Andrew, den Butler.«

Andrew, der Butler, ist dann auch gekommen, mit einem großen Tablett. Jedem von uns hat er eine Teetasse gegeben, und dann durften wir uns von einem mehrstöckigen Gestell eine Scheibe Toast nehmen. Die Toastscheiben waren dreieckig und nicht getoastet, also ziemlich labberig.

Mein Toast war nicht nur labberig, sondern auch schon durchgeweicht. Da waren nämlich dünne Gurkenscheiben drauf. Clemens hatte auf seinem Brot was Rosafarbenes. Er biss rein und hat das Gesicht verzogen. »Igitt, Fisch.«

Es war gut, dass Andrew, der Hund, neben Clemens stand und nichts gegen Fisch hatte.

Auf Annalisas Toast war hartes Ei, und sie hat sich geekelt, weil das Eigelb am Rand schon ganz grau war. Ich glaube, sie hätte es am liebsten auch der Bulldogge gegeben, hat sich aber nicht getraut.

Nur Max hat ordentlich reingehauen und auch noch Annalisas graues Eibrot aufgegessen.

Miss Braitwhistle und die Lady haben uns gar nicht beachtet, sondern Tee getrunken und englisch geredet.

Wir haben uns gelangweilt. So lange, bis Clemens ein Klavier entdeckt hat. Er hat sich einfach davorgesetzt, den Schal zurückgeworfen und angefangen zu spielen. Clemens kann richtig gut spielen, aber bei Frau Klawitter darf er nie ans Klavier, denn er spielt immer Sachen, die schnell und laut sind und ihr nicht gefallen. Das hat er auch jetzt gemacht. Aber die Lady fand es wohl ganz gut, denn sie hat gerufen: »Das ist Boogie-Woogie, come on, let's dance!« Und sie und Miss Braitwhistle haben angefangen zu tanzen. Nur Andrew hat schrecklich geheult.

Die Mädchen haben auch getanzt. Wir natürlich nicht. Wir haben in den Sesseln rumgelümmelt und uns über die Mädchen lustig gemacht. Clemens hat immer schneller und wilder gespielt, und plötzlich wieherte jemand. Aber nicht vor Lachen.

Mitten im Zimmer stand ein Pferd, und auf dem Pferd saß ein Mann.

»Mortimer!«, hat Lady Prudence gerufen. »Raus mit dem Gaul!«

»Wieso sprichst du deutsch?«, hat der Mann auf dem Pferd gefragt. Sie hat auf uns gezeigt und gesagt: »Das sind deutsche Freunde von unserer lieben Brenda.«

Miss Braitwhistle hieß also Brenda mit Vornamen, das haben wir nicht gewusst.

Der Mann ist vom Pferd gestiegen, und seine Stiefel waren voller Schlamm, sodass er den Teppich ganz schmutzig gemacht hat. »Entschuldige, dear, aber du kennst ja Racer, er geht immer durch, wenn er den Stall wittert.«

Racer hat dann die letzten Brote gegessen, was nicht weiter schlimm war, denn sie waren wirklich nicht sehr lecker.

Die Mädchen sind natürlich gleich hin und wollten das Pferd streicheln. Molly und Polly haben gestritten, wer die Mähne flechten darf. Pauline hat dem Pferd die Zuckerwürfel aus der Zuckerdose gegeben, und Annalisa hat mit ihrem Kamm den Schwanz gekämmt, aber dann hat es den Schwanz gehoben und geka..., na ja, also, Mist gemacht.

Lady Prudence hat wieder gepfiffen, und Andrew, der Butler, ist gekommen, mit Schaufel und Besen, und hat alles weggefegt.

»Ich glaube, es ist Zeit zu gehen«, hat Miss Braitwhistle gesagt. »Come on, children.«

Wir haben uns verabschiedet vom Lord und von der Lady und von Racer, dem Pferd, und Andrew, dem Hund. Nur nicht von Andrew, dem Butler. Denn der hat uns nur wieder so blöd von oben angeguckt, als ob er uns genauso wegfegen wollte wie die Pferdeäpfel.

Vor dem Haus standen immer noch unsere Stühle, als würden sie auf uns warten.

»Haltet euch fest, es geht los!«, rief Miss Braitwhistle, als wir uns draufgesetzt hatten.

Wir sind über die Wiese gesaust, viel schneller als auf dem Hinflug. Die Stühle benahmen sich fast wie Pferde, die zurück in den Stall wollen. Ich konnte nur hoffen, dass sie nicht mit uns durchgingen.

Clemens auf seinem Stuhl war der Schnellste, bald war er so weit vorn, dass wir nur noch seinen wehenden Schal gesehen haben.

Und ehe wir wussten, was los war, waren wir auch schon wieder gelandet und saßen in der Klasse an unseren Tischen.

Miss Braitwhistle stand am Pult und fuhr sich über die Haare, die aber genauso aussahen wie immer.

Dann musste jeder nach vorne kommen und seine Jacke

abgeben. In ihre Tasche passte wirklich eine Menge rein. Die Puppenzwillinge haben natürlich Theater gemacht, weil sie die Jacken behalten wollten. Aber sie mussten sie ausziehen, auch die von den Puppen.

Es hat geklingelt, und Miss Braitwhistle hat gesagt: »Ihr durft gehen nach Hause. See you tomorrow.«

»Was heißt das?«, hat Aki gefragt.

»Wir uns sehen morgen.«

»Wir müssen nicht wieder in die 4b zu Frau Sauermann?«, hab ich gefragt.

Miss Braitwhistle hat den Kopf geschüttelt, und wir sind alle sehr erleichtert, aber immer noch etwas wacklig auf den Beinen nach Hause gegangen.

10

BACKEN AUF ENGLISCH

Am Mittwochmorgen waren wir schon sehr gespannt auf den Unterricht bei Miss Braitwhistle. Eigentlich mag ich den Mittwoch am allerwenigsten. Erst haben wir eine Doppelstunde Deutsch, dann Sachkunde und zum Schluss noch zwei Stunden Mathe. Danach bin ich immer völlig fertig.

Bis zum Klingeln haben Clemens und ich *Schiffe versenken* gespielt, und Hugo hat aus dem Fenster geglotzt. Anscheinend hat er immer noch gehofft, Frau Taube kommt zurück. Aki hat die Gelegenheit genutzt, um den Sitz von Hugos Stuhl mit Kreide einzuschmieren, da hat Polly plötzlich gerufen: »Hilfe, ich hab vergessen, Hausaufgaben zu machen!«

»Genau, ich hab vergessen, Hausaufgaben zu machen!«, hat auch Molly gerufen.

»Ich hab auch nichts gemacht«, hat Annalisa gesagt. Aber ehe sie losheulen konnte, meinte Aki: »Mann, seid ihr mal wieder dämlich! Wir hatten doch gar nichts auf.«

Endlich ist bei den Mädchen der Groschen gefallen, aber das »dämlich« konnten sie natürlich nicht auf sich sitzen lassen. Pauline hat Aki die Kreide weggenommen und ihm ins Haar gerieben, und die Puppenzwillinge haben seine Jacke oben an die Tafel gehängt und die Tafel so hoch geschoben, dass er nicht rankam. Ich konnte nicht zulassen, dass sie meinen Freund so ärgern, also hab ich Paulines Federtasche ausgekippt und ihr Lineal zerbrochen, das war glücklicherweise aus Plastik. Da hat Annalisa ihr Lineal genommen und mich damit gehauen, das war aber unglücklicherweise aus Holz.

Gerade als wir uns so richtig schön prügeln wollten, hat Clemens gesagt: »Hört lieber auf damit, nachher wird Miss Braitwhistle sauer, und dann müssen wir wieder rüber in die 4b.«

Wir haben so schnell auf unseren Plätzen gesessen, dafür haben wir nicht mal eine Sekunde gebraucht.

Länger hätte es auch nicht dauern dürfen, denn die Tür ging auf, und Miss Braitwhistle kam rein. Sie stellte ihre Tasche auf den Lehrertisch und sah uns an. »Guten Morgen, Kinder.«

»Good morning, Miss Braitwhistle«, sagten wir. Das war genau richtig, denn sie hat gelächelt, aber nur kurz. Dann hat sie uns angeschaut und gefragt: »Was steht auf die Programm?«

Schon fuhr Hugos Arm in die Höhe, aber Clemens hat

ihm schnell den Mund zugehalten, damit er nicht »Deutsch« sagen konnte, denn darauf hatten wir keine Lust. Da meldete sich Henni. Das ist bestimmt das allererste Mal gewesen seit der Einschulung, wo sie ihren Arm heben musste, als ihr Name aufgerufen worden ist. Immerhin war nicht zu befürchten, dass sie sagen würde, was auf dem Stundenplan stand. Sie hatte ihren gleich am Anfang vom Schuljahr verloren.

»Miss Bratwie…, äh, Miss Braitwhistle, mein Vater hat gesagt, ich soll Sie fragen, wie man einen Plumpudding macht. Weil Sie doch Engländerin sind.«

Plumpudding? War das was zu essen? Das hatte ich ja noch nie gehört. Ich hab Aki angeschaut, und Aki hat mich angeschaut. Dann hat er mit den Schultern gezuckt. »Klingt irgendwie nicht, als ob's schmeckt.«

»Was ist ein Plumpudding?«, wollte Annalisa wissen.

»Oh, Plumpudding ist sehr, sehr kostlich«, hat Miss Braitwhistle gesagt. »Kein Christmas ohne Plumpudding.«

»Weihnachten?«, fragte Pauline. »Weihnachten isst man doch keinen Pudding.«

»Plumpudding ist kein deutsches Pudding. Kein wabbeliger Brei, ein saftiger Kuchen, that's it.«

Das klang gut, und ich hab sofort Hunger bekommen.

»Was ist denn drin in dem Kuchen?«, hat Max gefragt und schon ganz gierig geguckt.

»Mandeln, Rosinen, Zuckerkirschen …«

»Lecker!«, hat Polly geseufzt.

»Lecker!«, hat auch Molly geseufzt.

Miss Braitwhistle hat ihre Tasche aufgemacht und hineingeschaut. »Durch Zufall ich habe alles dabei, was man braucht, um zu backen echte englische Plumpudding. Gibt es Kuche hier in der Schule?«

»In der Schule gibt es keinen Kuchen, das ist verboten!«, hat Hugo gerufen.

»Idiot, sie kann doch kein Ü sprechen, sie hat natürlich Küche gemeint«, hat Aki gesagt und Hugo einen Vogel gezeigt.

Es gibt eine Küche in unserer Schule. Letztes Weihnachten, als wir noch in der dritten Klasse waren, wollte Frau Taube da mit uns Weihnachtsplätzchen backen. Das ist aber gründlich schiefgegangen. Annalisa ist ihre rosa Haarschleife in den Teig gefallen. Aki wollte ihr helfen, sie zu suchen, dabei spritzte der Teig überallhin, und als wir Plätzchen ausstechen sollten, war kein Teig mehr da. Hugo hat dann im Schrank eine Tüte mit Mehl gefunden, und wir haben neuen Teig gemacht. Der roch so komisch, und wir kriegten ihn nicht aus der Schüssel. Es ist nämlich gar kein Mehl gewesen, sondern Gips. Den Gips hatte Herr Pommerenke in den Schrank gestellt, weil er ein Loch in der Wand damit zuschmieren wollte. Hugo konnte in der dritten Klasse noch nicht lesen. Kann er bestimmt immer noch nicht richtig. Frau Taube hat Max dann ins Krankenhaus gebracht, weil er trotzdem von dem Teig gegessen hat und sie Angst hatte, dass der Gips in seinem Magen genauso fest werden würde wie in der Schüssel. Wir waren dann ziemlich lange alleine in der Küche und haben neuen Gips angerührt, weil Clemens meinte, man könnte damit Abdrücke von Händen und Köpfen machen. Wir wollten das an Hugo ausprobieren, aber das war keine gute Idee, denn wir haben den Gips nicht mehr aus seinen Haaren bekommen, und sie mussten abgeschnitten werden.

Na ja, es hatte also ziemlichen Ärger gegeben, und seither ist die Küche abgeschlossen, und es darf sie keiner mehr benutzen.

»Wir haben eine Küche, aber die ist immer zu«, hat Pauline gesagt. »Den Schlüssel hat Herr Pommerenke, und der gibt ihn nicht her.«

Miss Braitwhistle hat ihr Schlüsselbund geschwenkt. »No problem, ich habe Generalschlussel.«

Sofort sind wir alle aufgesprungen, Hugos Stuhl ist umgefallen, die Puppenzwillinge konnten sich nicht einigen, ob ihre Puppen mit zum Backen kommen sollten, und Henni hat die ganze Zeit gefragt: »Was machen wir? Wo gehen wir hin?« Es war ein ziemlicher Lärm.

Miss Braitwhistle hat den Finger an den Mund gelegt: »Shush! Oder wollt ihr, dass kommt Frau Sauermann?«

Das war wirklich das Letzte, was wir wollten. Wir sind so leise aus der Klasse geschlichen und die Treppe hoch in den ersten Stock, als ob wir irgendwo einbrechen wollten. Aber es war ja kein richtiger Einbruch, schließlich hatte unsere Lehrerin einen Schlüssel.

Dummerweise passte der aber nicht. Unsere Schule ist zwar sehr alt, aber die Schlösser sind alle neu, nur nicht das von der Küche. Das war dann viel zu groß für den Generalschlüssel.

Miss Braitwhistle hat eine Augenbraue hochgezogen.

»Haben Sie keinen Dietrich?«, hat Hugo gefragt.

Miss Braitwhistle ist ganz rot geworden. »Naturlich ich habe keine Dietrich! Oder siehst du hier einen Mann?«

»Hugo meint keinen Mann, sondern so einen Draht, mit dem man Schlösser aufbekommt«, sagte Clemens.

Miss Braitwhistle hat verächtlich geschnaubt. »Wer sagt, die Tur ist zu?«

»Sie ist immer zu«, sagte Molly.

»Genau, sie ist immer zu«, wiederholte Polly.

Miss Braitwhistle hat die Klinke runtergedrückt, und die Tür ging auf. »Man darf nie glauben ersten Schein.«

Wir haben nicht ganz verstanden, was sie meinte, aber immerhin waren wir jetzt in der Küche.

Sehr gemütlich war es da aber nicht. Überall lag Staub und Dreck. Miss Braitwhistle hat ihre Tasche geöffnet und Putzlappen und Schaufel und Besen rausgezogen. Jeder von uns bekam einen Lappen, und wir mussten die Tische und den Herd sauber machen. Sie hat den Boden gefegt.

»Man nur arbeiten kann in ein sauberes Kuche«, hat sie gesagt. Hugo hat mal wieder gejammert, dass er keinen Dreck einatmen darf, weil er eine Hausstauballergie hat, aber Pauline meinte, dass es ja gar kein Haus-, sondern Schulstaub ist, der überall rumfliegt.

Aki hat seinen Lappen viel zu nass gemacht und musste ihn auswringen, dummerweise stand da gerade Hugo vor ihm, und dem ist das ganze Wasser in den Kragen gelaufen. Nur gut, dass Hugo nicht auch eine Allergie gegen Wasser hat. Gebrüllt hat er natürlich trotzdem, aber das interessierte keinen, denn Molly hat auf ein Loch in der Scheuerleiste gezeigt und geschrien: »Eine Maus! Da ist sie rein!«

»Genau, da ist sie rein!«, schrie auch Polly. Und dann haben alle Mädchen geschrien, nur Pauline nicht. Die wollte die Maus fangen und ihrer Katze zum Mittagessen mitbringen. Das fand aber Annalisa nicht nett. »Das arme, arme Mäuschen!«, hat sie geheult. Und auf einmal hockten alle Mädchen vor dem Loch und haben der Maus zugerufen, sie soll rauskommen, damit sie sie vor Paulines Katze retten können. Die Maus war aber nicht blöd und ist in ihrem Loch geblieben.

Inzwischen war alles blitzeblank, und wir haben drauf gewartet, dass Miss Braitwhistle uns zeigt, wie das geht mit dem Plumpudding, aber sie hat am Herd rumgeschaltet und vor sich hin gemurmelt: »Schlechter Herd, sehr schlechter Herd. Ich brauche richtige Feuer.«

Richtiges Feuer hatte der Herd nicht, der war nämlich elektrisch, aber in der Ecke stand noch ein altmodischer Ofen, wo man Holz reinsteckt oder Kohlen. Benutzt hat den aber noch nie jemand. Doch Miss Braitwhistle war ganz entzückt, als sie den Ofen gesehen hat. »Really perfect!«

»Aber wir haben kein Holz«, hat Clemens gesagt.

»Wir können ja Hugos Kopf nehmen«, hat Aki vorgeschlagen. Das fand der aber nicht lustig.

Miss Braitwhistle hat aus ihrer Tasche ein paar Holzstücke und eine Zeitung herausgezogen. Die Holzstücke hat sie in den Ofen gelegt, aber was wollte sie mit der Zeitung? Doch nicht etwa lesen? Nein, sie knüllte die Zeitung zusammen und verteilte die Knäuel unter dem Holz. Dann zündete sie das Papier mit einem langen Streichholz an. Aki, Clemens, die anderen Jungs und ich drängten uns um den Herd. So machte man also richtiges Feuer, das nicht gleich wieder ausging. Das wollten wir auch sofort ausprobieren. Als es ordentlich brannte, durfte jeder von uns ein Stück Holz auf die Flammen legen.

Dann hat sich Miss Braitwhistle aufgerichtet, die Hände abgeklopft und gesagt: »Wir mussen machen Teig.«

Wieder hat sie die Tasche geöffnet und alles Mögliche rausgeholt: eine Tüte Mehl, eine Packung Eier, ein paar alte Brötchen, Mandeln, Rosinen, Gewürze und eine Flasche.

»Ist da Schnaps drin?«, hat Hugo gefragt. »Da ist bestimmt Schnaps drin, und Schnaps ist für Kinder verboten.«

»Du musst ja nichts von dem Plumpudding essen«, hat Pauline gesagt.

Miss Braitwhistle hat dann jedem von uns eine Aufgabe gegeben. Die einen sollten Mandeln klein hacken, die anderen die alten Semmeln reiben oder Eier aufschlagen. Aki und ich mussten Äpfel raspeln.

Miss Braitwhistle hat Backpflaumen klein geschnitten

und mit einer braunen Flüssigkeit übergossen, die in der Flasche war.

»Das ist Schnaps!«, hat Hugo wieder geschrien. »Ich seh's genau! Kinder dürfen keinen Schnaps trinken!«

Miss Braitwhistle hat etwas aus der Flasche auf einen Löffel gegossen und zu Hugo gesagt: »Du musst kosten.«

Hugo wollte erst nicht, aber als wir ihn »Feigling« genannt haben, hat er den Mund aufgesperrt, und Miss Braitwhistle hat ihn probieren lassen. Hugo hat das Gesicht verzogen.

»Und?«, hab ich ihn gefragt. »Schnaps oder kein Schnaps?«

»Hustensaft«, hat Hugo gesagt.

Na, das würde ja ein komischer Kuchen werden.

Dann hat Miss Braitwhistle bei jedem von uns geguckt, ob er seine Sache auch richtig macht. Max hatte alles falsch verstanden und die Mandeln schon halb aufgegessen, die er eigentlich hacken sollte. Polly und Molly haben beide gleichzeitig versucht, die Eier zu verquirlen, und dabei ist die Schüssel umgekippt. Und Aki und ich hatten die Äpfel zwar richtig gerieben, aber blöderweise vergessen, sie vorher zu schälen. Also mussten wir noch einmal von vorn anfangen.

»Da sind noch zwei Apfel in meine Tasche«, hat Miss Braitwhistle gesagt. »Nehmt die.«

Aki und ich waren natürlich total neugierig auf Miss Braitwhistles Tasche. Wir haben sie aufgemacht, ganz weit und noch weiter, aber es war nichts drin außer zwei Äpfeln.

Ich hab Aki angeschaut, und Aki hat mich angeschaut. Sehr seltsam.

Miss Braitwhistle klatschte in die Hände: »Hurry up! Beeilt euch, children. Eine gute Plumpudding muss vier Stunden kochen!«

Wir haben gerieben und gehackt, geschnippelt und gerührt.

Und dann war der Teig fertig, und Miss Braitwhistle hat ihn in eine Form gefüllt, die hat sie in eine Wanne mit Wasser gestellt und das Ganze in den Ofen geschoben. Der Ofen hat ein bisschen gequalmt. Aber es roch nicht nur nach altem Ofen, es roch auch nach etwas anderem, es roch nach …

»Weihnachten!«, hat Henni gerufen. »Es riecht wie Weihnachten.«

»Schnellmerker!«, hat Aki gesagt. »Das ist doch auch ein Weihnachtspudding.«

»Ist das alles, was es in England zu Weihnachten gibt?«, hat Max gefragt und dabei die Teigreste aus der Schüssel gekratzt.

»Naturlich nicht«, hat Miss Braitwhistle gesagt. »Es gibt gefullte Truthahn und Fleischpastete.«

»Bei uns gibt's Heiligabend nur Kartoffelsalat und Würstchen«, hat Max gesagt.

»Oh, Truthahn und Christmas pudding gibt es nicht am 24. Dezember, sondern an die andere Tag.«

»Und die Geschenke?«, wollte Aki wissen.

»Die auch.«

Das war ja eine schreckliche Vorstellung! Es dauerte doch so schon ewig, bis es am Heiligabend endlich läutete, die Kerzen am Baum angezündet waren und ich meine Geschenke auspacken durfte. Noch einen ganzen Tag zu warten, hätte ich nie im Leben ausgehalten.

Miss Braitwhistle sah mich an. »Nur eine Nacht. Du musst nur eine Nacht warten. Die Geschenke bringt Father Christmas.« Sie zeigte auf den Ofen, der immer noch qualmte.

»Er kommt nachts durch die Kamin und macht voll die Strumpf.«

»Da passt doch gar nichts rein«, meinte Annalisa.

»Du kennst englische Strumpf nicht«, hat Miss Braitwhistle gesagt und einen riesigen bunten Strumpf aus ihrer Tasche gezogen.

Hugo begann zu husten. Dabei hatte er doch Hustensaft getrunken, aber in meinem Hals hat es auch angefangen zu kratzen.

»Wir wollen singen ein Lied«, hat Miss Braitwhistle gesagt. »Ein Weihnachtslied.«

Das einzige englische Weihnachtslied, das wir kannten, war *Jingle Bells,* das hatte uns letztes Jahr Frau Klawitter beigebracht, aber wir sind nicht weiter als bis »dashing through the snow« gekommen, weil Aki unbedingt vormachen wollte, wie der Schlitten durch den Schnee saust, und dafür Hugos Tisch genommen hat, dem dabei ein Bein abgebrochen ist. Also, dem Tisch, nicht Hugo.

Wir wollten gerade weitersingen, da hat Pauline, die am Fenster stand, ganz aufgeregt gerufen: »Der Weihnachtsmann kommt! Er kommt direkt hierher!«

11

EIN SPRUNGTUCH IST KEIN TRAMPOLIN

Jetzt hat keiner mehr gesungen, denn wir sind alle zum Fenster gestürzt und haben einen Mann gesehen, der trug einen roten Anzug und schwarze Stiefel. Und dann haben wir noch einen Mann gesehen, der trug auch einen roten Anzug und schwarze Stiefel.

Ich hab Aki angeschaut, und Aki hat mich angeschaut. »Da kommen sogar zwei Weihnachtsmänner«, hab ich gesagt.

»Da kommen viele Weihnachtsmänner«, hat Aki gesagt.

Inzwischen war es in der Küche so neblig, dass man fast nichts mehr erkennen konnte.

»Schnell, wir müssen den Strumpf an den Ofen hängen!«, rief Hugo. »Dann bekomm ich ein Geschenk!«

»Das sind keine Weihnachtsmänner«, hat Clemens gesagt und das Fenster aufgemacht. »Das sind Feuerwehrleute.«

»Die Schule brennt!«, hat Annalisa geheult. »Hilfe! Hilfe!«

Dann tauchte Herr Pommerenke unter dem Fenster auf

mit so einem großen Trichter. Durch den hat er dann gesprochen.

»Achtung, Achtung! Wir breiten jetzt ein Sprungtuch aus, und dann springt einer nach dem anderen da rein.«

Also, ich wäre auch ohne Sprungtuch aus dem Fenster gehüpft, die Küche ist im ersten Stock, aber ich habe mir das Sprungtuch wie ein Trampolin vorgestellt und war schon ganz aufgeregt. Da kam Herr Fischli angerannt. Er musste aus der Turnhalle gekommen sein, denn er hatte noch seinen Augenweh-Trainingsanzug an.

»Was ist denn hier los?«, hat er gerufen.

»Es brennt«, hat Herr Pommerenke gesagt. »Das sehen Sie doch.«

Miss Braitwhistle hat ihren Kopf aus dem Fenster gestreckt.

»Nonsense! Nichts brennt. Ich hab gezeigt die Kinder, wie man backt richtige Plumpudding.«

»Aber ich seh doch, dass es qualmt«, hat Herr Fischli von unten gerufen, während die Feuerwehrleute das Sprungtuch ausgebreitet haben.

»Der Herd vielleicht ist etwas alt«, sagte Miss Braitwhistle.

»Sind Sie wahnsinnig?«, hat Herr Pommerenke geschrien und vor Wut einen roten Kopf bekommen. »Der ist doch längst außer Betrieb, der darf überhaupt nicht mehr benutzt werden. Wie sind Sie überhaupt in die Küche gekommen?«

»Wir haben gemacht auf die Tur«, hat Miss Braitwhistle gesagt, und Herrn Pommerenkes Kopf wurde noch röter.

»Das ist eine Lüge! Ich hab ja vorhin versucht reinzukommen, und sie war von innen abgeschlossen.«

Clemens ist zur Tür gegangen und hat sie aufgemacht. Wir hätten also genauso gut einfach rausspazieren können, es war inzwischen wirklich ziemlich rauchig in der Küche, und es roch auch nicht mehr nach Weihnachten, sondern so, wie es immer riecht, wenn Papa im Sommer den Grill anheizt. Nicht gut jedenfalls. Aber zur Tür rauszugehen wäre ja langweilig gewesen. Ich hab Aki angeschaut, und Aki hat mich angeschaut. »Wir springen«, hab ich gesagt.

Und dann sind wir aus dem Fenster gesprungen. Aber wir beide waren die Einzigen, die anderen haben sich nicht getraut. Es war aber gar nicht so lustig, wie wir es uns vorgestellt hatten. Der Stoff war ganz rau, und ich hab mir den Arm aufgeschürft. Und Aki hat laut »Aua!« geschrien, weil er mit dem Po so doll aufgekommen ist wie bei einer Arschbombe vom Dreimeterbrett. Ein Trampolin macht jedenfalls mehr Spaß.

Die Feuerwehrleute waren sehr nett, sie haben Aki und mich aus dem Sprungtuch gezogen und gefragt, ob es uns gut geht oder ob wir uns verletzt haben. Aber mal abgesehen von meinem Arm und Akis Hintern ging's uns prima. So was erlebt man ja schließlich nicht jeden Tag.

Als wir in die Schule und in unsere Klasse gingen, hörten

wir, wie Herr Fischli zu Herrn Pommerenke sagte: »Ich verstehe überhaupt nicht, warum Sie die Feuerwehr gerufen haben, Herr Pommerenke, die Kinder waren doch gar nicht in Gefahr.«

»Die Kinder vielleicht nicht, aber die hätte ja um ein Haar die Schule abgefackelt.«

»Meinen Sie mit ›die‹ etwa Miss Braitwhistle?«, hat Herr Fischli gefragt. »Miss Braitwhistle wollte den Schülern nur englische Bräuche beibringen. Sie ist neu an der Schule und konnte nicht wissen, dass sich die Küche in diesem katastrophalen Zustand befindet. Sie hätten dafür sorgen müssen, dass der Raum abgeschlossen ist.«

»Er *war* abgeschlossen«, hat Herr Pommerenke geknurrt.

Wir wollten an Herrn Fischli vorbei, da hat er mich am Ärmel festgehalten. »Franz, Aki, sagt mal: War die Küche abgeschlossen oder nicht?«

»Die Küche war nicht abgeschlossen, Herr Fischli«, hab ich gesagt. Und das war schließlich die Wahrheit.

»Da hören Sie es selbst, Herr Pommerenke«, sagte Herr Fischli. »Der Feuerwehreinsatz wird ein teurer Spaß, die haben es gar nicht gern, wenn man sie umsonst ruft.«

Herr Pommerenke hat nichts mehr gesagt, sondern nur irgendwas vor sich hin gebrummt, was wie »Schöne Scheiße« klang, aber da hab ich mich bestimmt verhört. Erwachsene sagen so was ja nicht.

Wir sind dann mit Herrn Fischli in die Klasse. Miss Braitwhistle saß auf dem Lehrertisch und trank eine Tasse Tee. »Ich muss beruhigen meine Nerven.«

Sie sah aber gar nicht beunruhigt aus, sondern eigentlich wie immer. Neben ihr lag auf einer Platte der Plumpudding und sah aus wie ein großer brauner glänzender – ja, was?

»Hundehaufen«, hat Aki mir zugeflüstert.

»Aber er riecht besser«, hab ich zurückgeflüstert.

»Können wir jetzt endlich den Pudding essen?«, hat Max gefragt.

»Gleich, erst kommen die Christmas cracker«, hat Miss Braitwhistle gesagt und den Strumpf geschüttelt.

Kracher? Das hörte sich gut an. Aber was sie dann aus dem Strumpf zog, waren einfach nur Knallbonbons.

Jeder Tisch bekam einen, und es hat ordentlich geknallt, als wir daran gerissen haben.

Aus Akis und meinem Knallbonbon fielen ein Paar winzig kleine Schlittschuhe aus Silber und eine Schneeflocke, die aussah wie ein Stern. Hugo und Clemens hatten in ihrem ein Glücksschwein und einen Notenschlüssel. Auch ganz klein und auch aus Silber. Bei Annalisa und Pauline kamen eine Maus und eine Katze raus. Es gab vierblättrige Kleeblätter, Herzen und sogar eine silberne Bratwurst. Die war natürlich für Max.

Nur die Zwillinge hatten nichts in ihrem Knallbonbon.

»So ihr konnt nicht streiten«, sagte Miss Braitwhistle.

Zum Schluss hat sie Herrn Fischli den letzten Christmas cracker gegeben. Es knallte noch einmal, aber leider konnten wir nicht sehen, was aus dem Knallbonbon rausfiel. Und Herr Fischli hat es uns auch nicht gesagt.

Dann hat Miss Braitwhistle ein großes Messer genommen und den Plumpudding angeschnitten.

»In England man macht Feuer an die Pudding«, sagte sie. »Aber vielleicht das ist keine gute Idee.«

»Wir zünden ihn besser nicht an«, hat Herr Fischli gesagt. »Sonst kommt bloß wieder die Feuerwehr.«

»Ist der denn schon gut? Ich denke, der Pudding muss vier Stunden kochen«, hat Hugo wichtigtuerisch gefragt. Aber so, wie Miss Braitwhistle an dem Kuchen rumgesäbelt hat, ist er eher schon zu lange im Ofen gewesen.

Max hat gerufen: »Kriegen wir alle was? Ich hab Kohldampf!«

Miss Braitwhistle hat Herrn Fischli ein großes Stück gegeben und gesagt: »Es ist genug da.«

Herr Fischli hat in den Plumpudding gebissen und gar nichts gesagt, weil er den Mund voll hatte. Dann ist Miss Braitwhistle durch die Reihen gegangen und hat jedem von uns ein Stück gegeben. Komisch, der Plumpudding wurde irgendwie nicht kleiner.

Die Puppenzwillinge haben wieder Trara gemacht, weil Molly meinte, Polly hätte ein größeres Stück, aber Pauline hat nachgemessen, jedes war genau 9,7 Zentimeter lang und 5,6 Zentimeter breit.

Also, ehrlich gesagt, so richtig lecker sah dieser komische Pudding ja nicht aus. Aber als ich gesehen hab, dass Aki sein Stück gegessen und nicht gleich wieder ausgespuckt hat, hab ich auch probiert. Es schmeckte wie Früchtekuchen, süß und ein ganz klein wenig angebrannt.

»Kann ich noch ein Stück von Ihrem Plumpudding haben, Miss Braitwhistle?«, hat Herr Fischli gefragt. »Er ist wirklich köstlich.«

Hugo schien das nicht zu finden. Er hat auf sein Stück gezeigt und gerufen: »Da sind Nüsse drin! Ich darf keine Nüsse essen, das ist lebensgefährlich.«

»Da hab ich für dich etwas extra«, hat Miss Braitwhistle gesagt und einen blassen Keks aus ihrer Tasche gezogen. »Keine Nuss, keine Schokolade, kein Mehl und kein Zucker.«

Hugo hat reingebissen, genickt und weitergegessen. »Das ist ein Bio-Soja-Dinkel-Vollkorn-Riegel, nicht wahr?«, hat er gefragt. »Den kauft meine Mutter auch immer.«

Miss Braitwhistle hat den Kopf geschüttelt: »Nein, das war noch Hundekuchen von Andrew.«

Hugo hat einen Hustenanfall bekommen, aber sicher nicht, weil er neuerdings allergisch gegen Hundekuchen ist. Wir mussten übrigens auch husten, aber vor Lachen.

Herr Fischli dachte aber, dass das noch von dem Rauch in der Schulküche kommt, und hat gesagt, dass die beiden Mathestunden ausfallen und wir nach Hause gehen dürfen.

Dagegen hat keiner was gehabt.

12

DER BADEMEISTER FRISST KEINEN BESEN

»Hast du dein Schwimmzeug dabei?«, hat meine Mutter mir am nächsten Morgen hinterhergerufen, als ich schon halb aus dem Haus gewesen bin. Natürlich hatte ich es nicht dabei. Jeden Donnerstag haben wir die ersten beiden Stunden Schwimmen, und jeden Donnerstag vergesse ich mein Schwimmzeug.

Ich hasse Schwimmen! Also, nicht das Baden im Sommer und im See oder im Meer, aber das Schwimmen in der Hermann-Schürrkopf-Schwimmhalle. Das ist einfach nur schrecklich. Ich weiß nicht, wer dieser Hermann Schürrkopf war, aber wenn er diese Halle gebaut hat, sollte man ihn darin einsperren und erst wieder rauslassen, wenn er verspricht, sie auf der Stelle wieder abzureißen.

Schon von außen sieht die Schwimmhalle aus wie ein Klo von innen. Die Wände sind nämlich aus graugelben Fliesen, von denen einige schon abgefallen sind. Drinnen an der

Kasse sitzt eine dicke Frau, die immer gleich losmeckert, wenn sie uns sieht: »Essen verboten, Abfälle liegen lassen verboten, Kleidung im Spind einsperren!«

Die Umkleidekabinen sind eng, der Fußboden ist immer nass und schmierig, und es riecht nach altem Scheuerlappen.

Die Duschen sind am allerekligsten, und wenn überhaupt Wasser rauskommt, dann ist es eiskalt. Ich dusche nie, sondern bespritze mich nur mit Wasser, damit es so aussieht, als hätte ich geduscht.

Das Schwimmbecken ist auch nicht besser. Ich glaube, da ist fast nur Chlor und kein Wasser drin, so beißt es in den Augen. Meine Mutter sagt, ich soll eine Schwimmbrille aufsetzen, aber das dürfen wir nicht, denn da besteht Verletzungsgefahr. Das hat Frau Taube jedenfalls immer gesagt. Sogar Hugo muss seine Brille absetzen.

Natürlich ist auch im Becken das Wasser kalt, und manchmal schwimmt da ein altes Pflaster drin rum oder irgendwas anderes Ekliges, das jemand beim Schwimmen verloren hat.

Der Bademeister ist auch nicht nett, er steht am Rand vom Becken und sagt uns, was wir machen sollen. Und dann wirft er Ringe ins Wasser, nach denen müssen wir tauchen. Oder wir sollen um die Wette schwimmen oder kraulen oder einen Kopfsprung vom Dreier machen.

An diesem Morgen hab ich mein Schwimmzeug zwar mitgenommen, aber gehofft, jetzt, wo Frau Taube weg war, würde Schwimmen vielleicht ausfallen.

»Hast du Schwimmsachen dabei?«, hab ich Aki gefragt, als ich ihn an der Ecke traf. Aki nickte. Es bringt nämlich gar nichts, wenn man sagt, man hätte es vergessen, dann bekommt man eine Leihbadehose, und die ist einem mindestens drei Nummern zu groß. Aki hat mal so eine Riesenhose beim Schwimmen verloren, Frau Taube hatte vor lauter Wut einen Anfall bekommen, die Mädchen auch, aber vor lauter Lachen. Seitdem hat Aki seine Badehose nie wieder vergessen. Ich glaube, wenn mir das passiert wäre, wäre ich auf der Stelle vor Schreck ertrunken. Aber Aki hat drei ältere Schwestern, der ist Kummer gewohnt.

»Vielleicht fällt's ja aus«, hab ich gesagt.

»Vielleicht«, hat Aki gesagt. »Aber vielleicht auch nicht.«

»Ich glaube ja nicht, dass die Bratwiesel mit uns da hingeht.« Aki nickte. Wir konnten uns beide Miss Braitwhistle nicht im Schwimmbad vorstellen.

Wir kamen am Kiosk an der Ecke vorbei, und Aki hat mich angeschaut, und ich hab Aki angeschaut, und Aki hat gesagt: »Wollen wir uns was kaufen?«

»Prima Idee«, hab ich gesagt.

Donnerstags gibt mir meine Mutter immer einen Euro mit, den braucht man als Pfand, um im Schwimmbad seine Sachen im Schrank einzuschließen.

Für einen Euro bekommt man eine ganze Menge am Kiosk. Zwei Tausendfüßler, vier saure Stäbchen, zwei Tüten Brausepulver und eine weiße Maus.

Zuerst haben wir die Tausendfüßler gegessen, dann die sauren Stäbchen. Nur die Maus konnten wir nicht so gut teilen, weil wir beide den Kopf haben wollten, wegen der Augen. Das Brausepulver haben wir noch aufgehoben. Ich hab meins in die Hosentasche gesteckt und Aki seins in die Jackentasche.

Als wir in die Schule kamen, stand Herr Fischli vor dem Lehrerzimmer und rief: »Beeilt euch, der Bus wartet nicht.«

»Haben wir denn heute Schwimmen?«, hab ich gefragt.

»Natürlich, warum denn nicht?«, hat Herr Fischli gesagt. »Miss Braitwhistle wird euch begleiten, und ich hoffe sehr, dass es keinen Ärger gibt, nicht wahr, Aki?«

»Ärger? Es hat noch nie Ärger gegeben.« Aki tat ganz harmlos.

»Und was ist letzten Donnerstag mit Frau Taubes Badehaube passiert?«

Aki wurde blass. »Keine Ahnung.«

»Nein? Dann warst nicht du es, der sie aufgeblasen hat, bis sie geplatzt ist?«

»Geplatzt ist sie nur, weil Max sich draufgesetzt hat. Und außerdem benutzt die Taube ihre blöde Bademütze doch nie, sie geht ja gar nicht ins Wasser«, hat Aki sich verteidigt, denn natürlich ist er es gewesen, der versucht hatte, die Badekappe von Frau Taube in ein Pupskissen zu verwandeln.

»Egal, ihr benehmt euch bitte!«

Die anderen saßen schon alle auf ihren Plätzen, als wir in den Bus gestiegen sind. Keiner hat besonders fröhlich ausgesehen. Vor allem nicht Max, er kann den Schwimmunterricht noch weniger leiden als ich. Beim letzten Mal hat der Bademeister gerufen: »Sagt mal dem Fettklops dahinten, dass er nicht die Bahn verstopfen soll!« Das war echt fies.

Miss Braitwhistle saß vorn, direkt neben dem Fahrer, und hatte ihre Tasche auf dem Schoß. Ob da wohl auch eine Badekappe drin war?

»Miss Brat… äh, also, ich wollte nur sagen, meine Mutter hat gesagt, dass ich nicht schwimmen kann, weil ich nämlich Schnupfen hab«, meinte Hugo.

Natürlich hatte er keinen Schnupfen, aber er versucht es jedes Mal. Frau Taube kannte das schon, aber für Miss Braitwhistle war es natürlich neu.

»Du nicht kannst schwimmen, no problem, du wirst schwimmen lernen. Damit.« Miss Braitwhistle hat Schwimmflügel mit kleinen bunten Seepferdchen drauf aus ihrer Tasche gezogen und ihm gegeben. Hugo hat vielleicht ein dummes Gesicht gemacht.

Molly und Polly haben ihren Puppen schon mal die Badeanzüge angezogen, die sahen genauso aus wie ihre: blau mit weißen Punkten. Und Annalisa hat geheult, weil sie ihre Haarschleife vergessen hatte. Pauline wollte ihr ein Haargummi leihen, aber das wollte Annalisa nicht, weil es blau war und nicht rosa.

Als wir vor dem Schwimmbad angekommen sind, saß an der Kasse wieder die dicke schlecht gelaunte Frau. Sie hat Miss Braitwhistle gleich angeschnauzt. »Sind Sie neu?«

Miss Braitwhistle hat an sich heruntergeschaut. »Nicht ganz neu, aber trotzdem perfekt. Denken Sie nicht auch?«

»Wollen Sie mich auf den Arm nehmen?«

»Lieber nicht, Sie sind zu schwer«, hat Miss Braitwhistle gesagt, und wir dachten, die Dicke platzt gleich, so hat die sich aufgeregt.

»Werden Sie nicht unverschämt! Ich meine, waren Sie schon mal hier?«

Miss Braitwhistle hat sich umgeschaut. »Never ever.«

»Ich sag Ihnen gleich: Essen verboten, Abfälle rumliegen lassen auch, Kleider im Spind einschließen! Verstanden?«, hat die Dicke geschrien.

»Es war ja laut genug«, hat Miss Braitwhistle gesagt.

Bei dem Wort *Spind* hab ich Aki angeschaut, und Aki hat mich angeschaut, und wir haben das Gleiche gedacht, wir hatten ja kein Geld mehr!

Ich hab Annalisa gefragt: »Kannst du uns einen Euro leihen?« Aber das hätte ich mir sparen können. Annalisa verleiht nie was, noch nicht mal ihren dämlichen rosa Radiergummi.

Von den anderen hatte auch keiner einen Euro für uns übrig, und es wollte auch keiner, dass wir unsere Sachen bei ihm mit reinhängen.

»Unser Schrank ist voll«, hat Molly gesagt.

»Genau, unser Schrank ist voll«, hat auch Polly gesagt.

Noch nicht mal Clemens hat erlaubt, dass wir unsere Sachen bei ihm mit reintun. »Ich teile mir den Schrank mit Max, und der braucht Platz für seinen Fresskorb.«

Wenn wir Schwimmen haben, bringt Max immer besonders viel zu essen mit, schwimmen macht schließlich Hunger.

Hugos Schrank war auch keine Lösung, der war schon voll mit den ganzen Handtüchern, die seine Mutter ihm mitgibt, damit er sich nicht erkältet.

»Weißt du was? Wir legen unsere Sachen einfach unter die Rutsche«, hat Aki vorgeschlagen.

Wenn wir Schwimmen haben, ist die Rutsche natürlich gesperrt. Es könnte ja sonst Spaß machen.

Gesagt, getan. Wir haben uns schnell umgezogen und unsere Sachen zu einem Haufen zusammengeknüllt und unter die Treppe von der Rutsche gelegt. Der Bademeister hat nicht auf uns geachtet, der war nämlich damit beschäftigt, Miss Braitwhistle anzumeckern, die auf der Bank saß und sich gerade eine Tasse Tee einschenkte.

Aki und ich sind zu den anderen, die sich schon am Beckenrand aufgestellt hatten.

Max hat seinen dicken Zeh ins Wasser gehalten und gesagt: »Das ist heute ja noch kälter als sonst.«

Und es stank auch noch mehr nach Chlor als sonst.

Wir haben drauf gewartet, dass der Bademeister uns sagt, was wir machen sollen. Hundert Bahnen schwimmen oder nach tausend Ringen tauchen oder Salto vom Einmeterbrett. Aber der war mit Miss Braitwhistle beschäftigt.

»Ich sag's Ihnen jetzt zum letzten Mal, Fräulein: In der Halle ist das Trinken nicht gestattet!«

Miss Braitwhistle hat sich nicht stören lassen, sie hat einen Schluck Tee genommen und gesagt: »Aber ich trinke nicht, ich habe Tee.«

»Von mir aus können Sie so viel Tee haben, wie Sie wollen!«

»Dann alles ist in Ordnung«, hat Miss Braitwhistle gesagt und sich neuen Tee eingeschenkt.

»Nichts ist in Ordnung!« Der Bademeister hat sich in die Haare gefasst und daran gerissen. »Trinken ist hier verboten!«

»Ganz meine Meinung«, hat Miss Braitwhistle gesagt. »Trinken ist eine schreckliche Gewohnheit.«

»Sie wollen mich wohl verar…«, fing der Bademeister an, und wir haben uns schon auf ein richtig schlimmes Wort gefreut, aber anscheinend ist ihm eingefallen, dass wir auch noch da waren, und er sagte: »Sie wollen mich wohl aufs Glatteis führen!«

Miss Braitwhistle hat ihre Teetasse abgestellt und ist zum Becken gekommen. Dann hat sie ins Wasser geschaut und gesagt: »Es gibt aber kein Eis hier.«

Die Haare des Bademeisters standen von seinem Kopf ab wie die Stacheln von einem Igel.

»Natürlich nicht!«, hat er geschrien. »Eher fresse ich einen Besen, als dass dieses Wasser zu Eis wird.«

»Isst man Besen in Deutschland?«, hat Miss Braitwhistle gefragt. »Interessant.«

Plötzlich hat es ganz komisch geknistert und geknackt, und Pauline hat gerufen: »Guckt mal, das Wasser ist Eis. Richtiges Eis!«

Das Wasser sah wirklich aus wie Eis, so glatt und glitzerig irgendwie.

Der Bademeister hat uns natürlich nicht geglaubt. »Das erzählt ihr jedes Mal. Nehmt Aufstellung am Einmeterbrett, und dann ab mit euch ins Wasser!«

Als Erstes ist Clemens auf das Sprungbrett gestiegen, hat einen Schritt vorwärts gemacht und zwei zurück. »Da spring ich nicht rein, da hol ich mir ja 'ne Beule.«

»Ich spring da auch nicht rein«, hat Polly gesagt.

»Und wenn Polly nicht springt, spring ich erst recht nicht«, hat Molly gesagt.

Miss Braitwhistle hat sich auf den Beckenrand gesetzt, dann einen Fuß aufs Wasser gestellt, das ja gar kein Wasser mehr war, und gesagt: »Wundervolles Glatteis, wirklich wundervoll.«

Dann hat sie uns angeschaut. »Wollt ihr, dass ich euch fuhre auf Glatteis?«

»Barfuß?«, hat Hugo gesagt. »Das ist verboten.« Er sah ziemlich albern aus mit seinen Seepferdchen-Schwimmflügeln.

»Sie haben doch sicher hier Schuhe, um zu gehen auf Eis, haben Sie?«, hat Miss Braitwhistle den Bademeister gefragt.

»Schlittschuhe, meinen Sie? Natürlich nicht. Wir haben Schwimmlernhilfen und Schwimmbretter und Badenudeln, aber keine Schlittschuhe.«

»Schauen Sie nach, please«, bat Miss Braitwhistle.

Der Bademeister ist in seinem Kabuff verschwunden, und

dann kam er zurück und hatte ein Paar Schlittschuhe in der Hand. »Da … da … liegen ganz viele!«

»Come on, children, zieht an eure Sachen und die schlitternden Schuhe, und ich fuhre euch aufs Glatteis.«

Das haben wir uns nicht zweimal sagen lassen. Aki und ich mussten ja noch nicht mal in die Umkleidekabine, unsere Sachen lagen ja unter der Rutsche. Dummerweise hatten wir nicht gesehen, dass da der Boden total nass war. Leider hatten wir auch nicht mehr an die Brausepulvertütchen gedacht, die waren nun aufgeweicht, und unsere Sachen waren jetzt nicht nur nass, sondern auch klebrig. Und süß. Wir haben natürlich dran geleckt, wäre ja schade um das schöne Brausepulver gewesen. Meine Hose schmeckte nach Zitrone und Akis Jacke nach Himbeer. Unsere Mütter würden schön schimpfen, aber das war uns egal, wir waren froh, nicht schwimmen zu müssen. Schlittschuhlaufen macht nämlich viel mehr Spaß.

Der Bademeister stand da und machte ein Gesicht, als sei gerade sein blödes Schwimmbad explodiert, dabei war nur das Wasser gefroren.

»Ich verstehe das nicht … das ist noch nie passiert … da muss mit der Heizungsanlage was nicht stimmen«, hat er gestottert.

Aki hat sich eine Badenudel geschnappt und so getan, als sei sie ein Hockeyschläger. Da haben wir anderen uns natürlich auch Badenudeln geholt. Einen der Ringe, nach denen

1
2
3
4

wir immer tauchen müssen, haben wir als Puck benutzt. Keiner von uns wusste, wie man richtig Eishockey spielt, aber es war trotzdem lustig.

Miss Braitwhistle hat am Beckenrand gestanden und uns angefeuert. »Go, kids! Go!«

Der Bademeister saß in seinem Glaskasten, hat die ganze Zeit telefoniert und sich die Haare gerauft.

Plötzlich stand aufgereiht die 4b am Beckenrand. Die ist nämlich nach uns mit Schwimmen dran. Normalerweise sind wir immer schon draußen, wenn die mit dem Bus ankommen, aber diesmal haben wir gar nicht mitgekriegt, wie schnell die Zeit vergangen ist.

Die aus der 4b haben alle geschnattert und gezittert. Sogar Albrecht, der Klotz, hatte blaue Lippen. Die Einzige, die nicht gefroren hat, war Frau Sauermann, obwohl sie nur einen Badeanzug anhatte, aber sie kochte vor Wut.

»Was ist das denn hier für eine Sauerei!?«, hat sie geschrien. »Wo zum Henker ist das Wasser?«

Dass Frau Sauermann so fluchen konnte, haben wir gar nicht gewusst.

Der Bademeister kam raus und hat gesagt: »Bitte entschuldigen Sie, Frau Sauermann, die Heizungsanlage ist anscheinend kaputt. Ich hab schon überall rumtelefoniert, aber sie kann frühestens morgen repariert werden. Der Schwimmunterricht muss heute leider ausfallen.«

Frau Sauermann hat Miss Braitwhistle böse angeguckt

und gesagt: »Da hat doch bestimmt wieder diese Person ihre Hand im Spiel!«

»Hockey spielt man nicht mit Hand, sondern mit einem Schlager«, hat Miss Braitwhistle gesagt.

»Kann nicht mal richtig Deutsch und bildet sich ein, Kinder unterrichten zu können«, schnaubte Frau Sauermann. Dann hat sie zur 4b gesagt: »Zieht euch wieder an, wir fahren zurück zur Schule und schreiben ein Diktat.«

Wir haben uns natürlich gefreut. Nur Hugo nicht, denn der ist der Länge nach hingefallen und Max, der nicht mehr bremsen konnte, direkt auf ihn drauf. Und dann kam Aki mit seinem Schläger, also, ich meine natürlich, mit der Badenudel angesaust, konnte nicht ausweichen, und plumps! – lag er auch da. Dann fiel Annalisa auf Aki, danach ich auf Annalisa, und irgendwann waren wir ein einziger zappelnder Haufen.

»So tun Sie doch was!«, hat der Bademeister Miss Braitwhistle angeschrien. »Sie sind schließlich verantwortlich für den ganzen Mist hier.«

Miss Braitwhistle hat ihre Trillerpfeife rausgezogen und gepfiffen. Wir haben versucht, uns zu befreien, aber das war gar nicht so einfach. Die Kufen von Mollys und Pollys Schlittschuhen hatten sich so ineinander verhakt, dass sie sie nicht mehr auseinanderbekamen. »Daran bist nur du schuld!«, hat Molly geschrien, und Polly hat zurückgeschrien: »Genau, daran bist nur du schuld!« Und sie haben sich an den Haaren gezogen.

Der Bademeister ist mit einem Besen gekommen, um sie zu trennen, da hat Miss Braitwhistle gesagt: »Wollen Sie den jetzt essen?«

»Nein, ich will diesen Besen nicht essen, ich will, dass Sie auf der Stelle verschwinden und die Kinder auch.«

Wir sind verschwunden, uns war inzwischen sowieso kalt.

Auf jeden Fall war es die beste Schwimmstunde, die wir jemals hatten.

13

WIR GEHEN IN DIE LUFT

Als wir aus dem Schwimmbad rauskamen, haben wir große Augen gemacht. Es stand nämlich kein Bus da.

Hugo hat seine Brille zurechtgerückt, aber auch keinen Bus gesehen. »Der ist ohne uns gefahren«, hat er gesagt. »Weil wir nämlich zu spät sind.«

Das stimmte. Normalerweise holt uns der Bus so ab, dass wir pünktlich zur dritten Stunde wieder in der Schule sind, aber die dritte Stunde ist schon fast vorbei gewesen. Das machte nichts, denn da hätten wir eigentlich Mathe gehabt, und darauf ist keiner von uns scharf.

Eine Zeit lang haben wir noch gewartet, aber der Bus ist nicht gekommen.

»Wie weit es ist zur Schule?«, hat Miss Braitwhistle gefragt.

»Zwei Kilometer oder drei, länger nicht«, hat Clemens gesagt. »Ich weiß, wie wir laufen müssen.«

Das war gut, denn von uns hätte das keiner gewusst.

Clemens ist also vorgelaufen und wir hinterher. Am Anfang war das noch ganz lustig, weil wir die Mädchen geärgert haben. Wir haben ihre Taschen mit den Badesachen geklaut und über einen Gartenzaun gepfeffert. Sie haben dann lange gestritten, wer von ihnen über den Zaun steigt und die Taschen zurückholt. Schließlich hat es Pauline gemacht. Aber gerade, als sie die letzte Badetasche über den Zaun zurück auf die Straße geworfen hat, kam ein Hund angeschossen. Es war zwar nur so ein kleiner haariger, aber die können ja auch beißen. Pauline ist so schnell über den Gartenzaun geklettert, da hätte Herr Fischli ihr in Sport bestimmt eine Eins gegeben. Dabei hätte sie das gar nicht gemusst, das Gartentor war nämlich überhaupt nicht abgeschlossen.

Natürlich waren die Mädchen sauer auf uns und haben Eicheln und Kastanien eingesammelt und uns damit beworfen.

Miss Braitwhistle hat davon nichts mitbekommen, sie ist neben Clemens gegangen und hat sich von ihm erzählen lassen, dass er später einmal Pianist werden will. »Und wenn ich fertig bin mit Spielen, stehe ich auf und verbeuge mich … so …«, und er hat vorgemacht, wie er sich verbeugt. »Und dann klatschen alle und klatschen und klatschen, und dann verbeuge ich mich wieder, aber ein bisschen tiefer diesmal. Und dann werfen die Frauen Blumensträuße auf die Bühne, und ich heb sie alle auf.«

Diese Geschichte kannten wir, die erzählt Clemens oft.

Und wir hatten keine Lust zuzuhören. Wir hatten eigentlich überhaupt keine Lust mehr zu nichts. Ich fand es eklig, in meiner Zitronenbrausepulverhose rumzulaufen, Aki fand es eklig, in seiner Himbeerbrausepulverjacke rumzulaufen. Und Hugo lief auch immer noch mit seinen Schwimmflügeln rum. Plötzlich hatten wir alles satt. Wir Jungs hatten es satt, die Mädchen zu ärgern, und die Mädchen hatten es satt, uns Jungs zu ärgern, und die Taschen mit den Schwimmsachen wurden immer schwerer. Ganz besonders die Tasche von Hugo, denn da waren ja doppelt so viele Handtücher drin wie bei uns.

Und dann ging's auch schon los: »Wie weit ist es denn noch, Miss Braitwhistle? Sind wir bald da? Miss Braitwhistle, ich kann nicht mehr laufen! Können Sie meine Tasche tragen, Miss Braitwhistle? Bitte!«

Alle jammerten und schrien durcheinander.

Miss Braitwhistle setzte ihre Trillerpfeife an und pfiff. Sofort waren alle still.

»Nehmt euch zusammen, ihr seid nicht Babys, oder?«, hat sie uns gefragt.

Babys waren wir natürlich nicht, aber unsere Füße taten trotzdem weh.

»Ich hab eine Idee«, hat Clemens gesagt. »Wir rufen ein Taxi!«

»Bist du bescheuert? Da passen wir doch gar nicht alle rein!«, hat Aki gemeint.

»Ich meine ja auch nicht, dass *wir* mit dem Taxi fahren sollen, sondern unsere Taschen.«

Aki musste zugeben, dass das keine schlechte Idee war.

»Habt ihr denn Geld?«, fragte Pauline.

Nein, Geld hatte keiner von uns. Wir sahen Miss Braitwhistle fragend an, aber die schüttelte den Kopf. »I'm sorry, tut mir leid, aber ich habe nur Pfund.«

Was hatte sie? Pfundweise Geld?

»So heißt die englische Währung«, sagte Clemens.

Jetzt waren wir so schlau wie vorher. Und unsere Taschen wurden immer schwerer, und von unserer Schule war weit und breit nichts zu sehen.

Wir kamen in einen Park. Zuerst haben wir uns gefreut, weil wir dachten, das sei der Park gegenüber von der Schule, aber wir haben schnell gemerkt, dass er das nicht war. Er sah ganz anders aus. Es gab keinen Spielplatz, nur ordentliche Beete und ordentliche Wege, an denen ordentliche Bäume standen, und mittendrin eine große Wiese, die nicht ganz so ordentlich war, denn mitten auf der Wiese stand ein großer Korb, der da bestimmt nicht hingehörte. Und an dem großen Korb hing ein großer Ballon. Eigentlich war es umgekehrt: Der Korb hing an dem Ballon.

In dem Korb stand ein Mann und rief einem anderen Mann etwas zu. Es klang wie: »Leinen los, Karl!«

Ich hab Aki angeschaut, Aki hat mich angeschaut, und dann haben wir beide ganz laut »Halt!« geschrien.

Der Mann, der neben dem Ballon stand, eine Leine in der Hand hielt und Karl hieß, hat sich zu uns umgedreht, gegrinst und gesagt: »Ihr wollt doch nicht etwa mit, oder?«

»Genau das wollen wir«, hab ich gesagt, und da hat Karl nicht mehr gegrinst.

Clemens hat die Hände zusammengeschlagen. »Bitte! Bitte nehmen Sie uns mit. Wir haben uns verlaufen und müssen zurück zur Schule.«

Karl hat uns angeschaut, als seien wir eine Horde Wahnsinniger. »Habt ihr 'ne Meise?«

»Was will er?«, hat Miss Braitwhistle mich gefragt. »Eine Meise? Kann er haben.«

Mit ihrer Pfeife stieß sie einen leisen Pfiff aus, und sofort kam eine Meise angeflogen und setzte sich auf ihre Schulter.

»Bitte sehr, Mister. Durfen wir jetzt steigen ein?«

»Was ist das denn für eine?«, hat Karl gefragt. Und Hugo hat gesagt: »Das ist unsere Lehrerin, aber sie ist nicht echt, sie kommt nämlich aus England.«

»Verstehe«, hat Karl gesagt und sich am Kopf gekratzt.

»Verschwindet endlich und lasst mich meine Arbeit machen!«, hat da der Mann im Korb gerufen. »Ich muss bis heute Mittag zehntausend von diesen Reklamezetteln hier verteilen und kann nicht ewig warten.« Er hat uns ziemlich böse angeguckt.

Da ist Annalisa zu dem Korb gegangen und hat den Mann ganz lieb angeschaut. »Bitte, bitte, bringen Sie uns zur Schule

zurück, wir können nicht mehr laufen.« Und dann hat sie geweint wie noch nie. Das Wasser ist ihr nur so aus den Augen gespritzt.

Und da Weinen ansteckend ist, haben die anderen Mädchen natürlich mitgeheult. Da hat der Mann gleich etwas freundlicher ausgesehen. Nicht, dass er am Ende nur die Mädchen mitnahm und uns hier in diesem fremden Park allein zurückließ. Das mussten wir verhindern.

Aki und ich sind also zu ihm hin und haben gesagt: »Wenn Sie uns mitnehmen, dann helfen wir Ihnen auch mit dem Verteilen der Zettel, bitte!«

Da hat Karl zu dem Mann im Korb gesagt: »Du, Manni, vielleicht ist das gar keine so schlechte Idee. Schließlich sollst du Werbung für Ballonfahrten machen, und dann sehen die Leute gleich, dass sogar Kinder mitfahren können.«

Manni hat kurz überlegt, dann hat er gesagt: »Von mir aus, aber wehe, ihr wackelt rum oder euch wird schlecht. Und ihr müsst genau das machen, was ich euch sage.«

Zuerst hab ich gedacht, der Korb sei viel zu klein für unsere Klasse, aber wir haben alle reingepasst, sogar Miss Braitwhistle, aber die hat nicht sehr glücklich ausgesehen. »Ich habe hohe Angst«, sagte sie und war so blass, dass man ihre Sommersprossen nicht mehr gesehen hat.

»Ich glaube, sie meint Höhenangst«, hab ich zu Manni gesagt. Aber der hat abgewinkt und gemeint, das würde vergehen, sobald wir in der Luft wären.

Und dann hat Karl die Sicherheitsleine losgemacht, der Brenner hat gezischt, und wir sind langsam, ganz langsam in die Luft gestiegen. Das hat viel weniger gewackelt als auf den Stühlen, aber richtig bequem war es auch nicht, denn wir standen dicht an dicht wie die Ölsardinen in der Büchse.

Manni hat jedem von uns einen Packen Zettel in die

Hand gedrückt, da stand drauf: *Gehen Sie mit uns in die Luft!*, und der Ballon war abgebildet und Manni im Korb, wie er winkt und lacht. Er wollte von uns auch, dass wir winken und lachen, aber so richtig zum Lachen war uns nicht, weil immer einer dem anderen auf den Fuß getreten ist. Also haben wir nur die Zettel runtergeworfen, und jetzt weiß ich auch, warum man die Flugblätter nennt. Geflogen sind sie nämlich, nur leider nicht da gelandet, wo Manni es wollte. Die meisten fielen auf die Straße, wo die Autos drüber wegfuhren, die anderen in einen dunklen Hinterhof, und nur ganz wenige landeten auf dem Bürgersteig, wo die Leute sie aufsammelten und zu uns nach oben guckten und winkten. Wir haben zurückgewinkt, nur Miss Braitwhistle nicht.

Sie war immer noch etwas weiß um die Nase und hat sich die ganze Zeit ein Taschentuch vor den Mund gehalten. Ich glaube, ihr war schlecht. Mir war nicht schlecht, obwohl wir inzwischen schon ziemlich hoch waren.

Plötzlich hab ich vor uns unsere Schule gesehen. Erkannt hab ich sie an der Kastanie auf dem Hof.

»Halt!«, hab ich gerufen. »Da ist sie! Das ist unsere Schule. Da müssen Sie landen!«

»Bei dir piept's wohl, Junge!«, hat Manni geschrien. »Der Ballon ist viel zu hoch.«

»Aber wir müssen in die Schule«, haben die anderen gejammert.

Manni hat den Brenner etwas gedrosselt, und wir flogen langsamer.

»Wir müssen Ballast abwerfen!«, hat Hugo wichtigtuerisch gerufen.

»So ein Blödsinn«, hat Clemens gesagt. »Wenn man Ballast abwirft, wird der Ballon doch leichter und steigt noch höher.« Und Aki meinte: »Wir können dich ja abwerfen, in deinem Kopf ist eh nur Luft.«

»Ich hab in meiner Tasche noch zwei Schokoriegel, die kann ich ja essen, dann bin ich schwerer«, hat Max vorgeschlagen.

Clemens hat die Augen verdreht. »Das ändert doch nichts! Die Riegel waren doch schon vorher da.«

Nun waren wir direkt über der Schule. Es war gerade Pause, und alle Schüler liefen auf dem Hof rum.

»Ich kann hier nicht landen«, sagte Manni wieder. »Auf keinen Fall.«

»Und wenn man macht einen Loch in Ballon?«, hat Miss Braitwhistle ihn gefragt und sich eine Nadel aus den Haaren gezogen.

»Dann stürzen wir ab und brechen uns sämtliche Knochen im Leib.«

»Bitte nicht!«, hat Annalisa gerufen und angefangen zu heulen.

»Und wenn sich dreht die Wind?«, wollte Miss Braitwhistle wissen.

»Der Wind dreht sich aber nicht«, hat Manni gesagt.

Plötzlich sackte unser Korb nach unten, und alle haben aufgeschrien. Dann neigte er sich ein Stück nach vorn, und ich dachte schon, gleich purzeln wir raus und segeln wie die Flugblätter durch die Luft, doch der Ballon hat sich wieder berappelt, und als ob er wüsste, wo wir hinwollten, nahm er plötzlich Kurs auf den Schulhof und fuhr direkt auf die Kastanie zu.

»Well, ich hier steige aus«, hat Miss Braitwhistle gesagt. »Ich vertrage Landungen schlecht.«

»Sind Sie wahnsinnig?«, rief Manni. »Das können Sie doch nicht machen!«

Aber Miss Braitwhistle konnte so ziemlich alles machen, das wussten wir inzwischen. Sie streckte einen Arm aus, ergriff einen dicken Ast und schwang sich daran aus dem Korb. Fast wie Tarzan, nur dass sie mehr anhatte als der.

Ehe die anderen so richtig mitkriegten, dass unsere Lehrerin über Bord gegangen war, ist der Korb haarscharf an der Kastanie vorbeigeschrammt und taumelte ein wenig, bevor er mit ein paar kleinen Hüpfern auf dem Schulhof aufsetzte.

Das war vielleicht ein Hallo! Alle kamen auf uns zugelaufen und umringten den Korb und schrien durcheinander. »Wo kommt ihr her? Ich will auch mal! Wieso darf immer die 4a alles und wir nicht?«

Das Letzte hat Tobias aus der 4b gefragt. Die waren natürlich neidisch. Das Einzige, was die heute erlebt hatten, war eine Fahrt im Bus mit Frau Sauermann.

Da lief ganz aufgeregt Herr Fischli auf uns zu.

»Kinder! Wo habt ihr denn um Himmels willen gesteckt? Und wo ist eure Lehrerin?«

»Hier oben«, hat Miss Braitwhistle aus der Kastanie gesagt. »Konnte ich bitte bekommen eine Leiter?«

Herr Pommerenke hat fluchend eine Leiter angeschleppt, sie an die Kastanie gestellt und gesagt: »Dieser Baum ist ein einziges Ärgernis.« Aber ich glaube, er hat eher Miss Braitwhistle damit gemeint, denn er hat sie böse angeschaut, als sie die Leiter runtergekommen ist.

»Was ist denn passiert?«, fragte Herr Fischli.

»Der Bus war weg«, hat Miss Braitwhistle gesagt. »Und die Fuß war schwach.«

»Nun sind ja alle wohlbehalten wieder da«, hat Herr Fischli gesagt und sehr erleichtert ausgesehen.

Alle waren zufrieden, nur Manni nicht. »Wie komme ich hier denn wieder weg?«, hat er gejammert.

Wir haben ihm dann dabei geholfen, den schlaffen Ballon ordentlich zusammenzulegen, und Manni hat seinen Freund Karl angerufen, dass er ihn mit einem Lkw abholen kommt, und dann hat er die letzten Reklamezettel an die anderen Schüler verteilt, denn auf einmal wollten sich alle eine Ballonfahrt zu Weihnachten oder zum Geburtstag wünschen.

Als Manni auch Herrn Pommerenke einen Zettel geben wollte, hat der nur den Kopf geschüttelt. »Machen Sie, dass Sie wegkommen, das hier ist ein Schulhof und kein Landeplatz.«

Wir haben Manni zum Abschied gewinkt und sind in unsere Klasse gegangen, denn die Pause war leider vorbei.

14

HUGO VERSTEHT KEINEN SPAß

Donnerstags haben wir in der letzten Stunde Kunst, also haben wir unsere Tuschkästen ausgepackt, die Zeichenblöcke aus dem Schrank geholt und die Tuschgläser mit Wasser gefüllt. Und dann haben wir darauf gewartet, dass Miss Braitwhistle uns sagt, was wir malen sollen. Bei Frau Taube sind es immer so langweilige Sachen gewesen wie Herbstblätter, Schneemänner oder Frühlingsblumen, und am Ende sahen alle Bilder völlig gleich aus.

Miss Braitwhistle hat aber überhaupt nichts gesagt. Sie hat sich auf den Tisch gesetzt, ihre Teekanne aus der Tasche gezogen und sich eingeschenkt. Dann hat sie geseufzt. »Wie das tut gut nach all die Aufregung.«

»Miss Braitwhistle! Was sollen wir denn jetzt malen?«, hat Molly gefragt.

»Genau, was sollen wir denn jetzt malen, Miss Braitwhistle?«, hat Polly gefragt.

Miss Braitwhistle hat noch einen Schluck Tee genommen und gesagt: »I don't know. Warum ihr malt euch nicht selber?«

Das haben wir uns natürlich nicht zweimal sagen lassen.

Aki hat sich auf dem Eis gemalt, aber mit richtigem Hockeyschläger statt der Badenudel. Clemens hat gemalt, wie er Klavier spielt und die Lady mit dem Pferdegesicht dazu tanzt. Auf dem Bild von Max war nicht nur er zu sehen, sondern auch der Plumpudding in seinem Bauch.

Annalisa hat gemalt, wie sie in einem rosa Ballettrock auf einem Bein auf Racer, dem Pferd, steht. Aber Pauline hat gesagt, dass sie das nicht darf, weil es erfunden ist, und wenn es erlaubt wäre, hätte sie das auch gemalt.

Polly und Molly haben gestritten, wer welche Farbe aus ihrem Tuschkasten zuerst benutzen darf, und ich hab darüber nachgedacht, was in den letzten Tagen so alles passiert ist. Es war so viel, dass ich gar nicht wusste, was mir am besten gefallen hat. Aber dann hab ich einfach mich gemalt und das Blatt umgedreht, und da, wo meine Füße waren, hab ich den Himmel hingetuscht, und man hat genau gesehen, dass ich auf dem Kopf stehe.

Wir haben mit den Pinseln in den Farbnäpfchen gerührt und gemalt und getuscht. Alle, bis auf Hugo. Er kann nicht malen. Er kann wirklich überhaupt nicht malen, auch wenn Frau Taube immer meinte: »Malen kann jeder.«

Aki war als Erster fertig, und sein Bild sah richtig gut aus.

Nur dass man sein Gesicht nicht erkennen konnte, weil er einen Helm aufhatte.

»Pass auf, Hugo, ich mache ein Porträt von dir, dann sagst du einfach, das hättest du gemacht«, hat Aki vorgeschlagen. Ich fand das ziemlich nett von ihm. Hugo nicht. »Das ist aber verboten«, hat er gesagt.

»Na und? Das merkt sie doch gar nicht«, hat Aki gesagt und auf Miss Braitwhistle gezeigt. Die saß gemütlich auf dem Tisch, hat Tee getrunken und Zeitung gelesen. Die Zeitung war auf Englisch und so groß, dass sie nicht sehen konnte, was wir machten.

»Na gut«, hat Hugo gesagt. »Aber wehe, das Bild wird hässlich.«

»Nie und nimmer«, hat Aki gesagt. Und dann musste sich Hugo schräg auf den Stuhl setzen und zum Fenster rausgucken und durfte sich nicht rühren. Und wenn er an seiner Brille rumgeruckelt hat, hat Aki gleich geschrien: »Sitz still, so kann ich nicht arbeiten!«

Inzwischen waren die anderen mit ihren Bildern auch alle fertig und haben Aki zugeschaut. Annalisa hat angefangen zu kichern, aber Max hat ihr die Hand vor den Mund gehalten.

»Wann kann ich denn was sehen?«, hat Hugo gemault. »Wie lange dauert's denn noch?«

»Bin gleich fertig«, hat Aki gesagt. Und dann war er fertig und hat Hugo das Bild gezeigt. Und der hat aufgeschrien,

das Tuschglas genommen und es Aki über den Kopf gegossen. Die Hälfte ist über Hugos Porträt gelaufen. Und das war wirklich schade, denn das Bild ist richtig gut gewesen. Aki hatte nämlich nicht Hugo, sondern ein Ferkel gemalt, das hatte aber große Ähnlichkeit mit Hugo. Vielleicht wegen der Brille, die das Ferkel aufhatte.

Aki hat gerufen: »Was hast du denn? Schweine sind superkluge Tiere! Hundertmal klüger als du.« Dann hat er sich

Hugos Schwimmtasche gegriffen und eins von Hugos superweißen und superflauschigen Handtüchern genommen und sich die Haare damit abgerubbelt. Danach sah das Handtuch aber nicht mehr so superweiß und superflauschig aus. Hugo hat so lange getobt, bis Miss Braitwhistle ihre Zeitung weggelegt und in ihre Trillerpfeife geblasen hat.

»Alle kommen her und zeigen seine Bild«, hat sie gesagt.

Da musste Hugo wohl oder übel das Bild nehmen, das Aki gemalt hatte, aber darauf war jetzt nichts mehr zu erkennen, weil die Farben zu brauner Soße verlaufen waren.

Wir haben alle eine Eins bekommen und Hugo eine Fünf. Aber die hätte er auch bekommen, wenn er das Bild selber gemalt hätte, insofern hat's keinen Unterschied gemacht.

Und dann hat es geklingelt, und wir durften nach Hause gehen. Die Einzigen, die sich nicht auf zu Hause gefreut haben, waren Aki und ich wegen unserer Sachen, die immer noch mit Brausepulver verklebt waren, und Hugo wegen seiner dreckigen Handtücher. Dafür ist es aber ein richtig prima Tag gewesen!

15

DER TRAURIGSTE HUND DER WELT

Als ich am nächsten Morgen Aki an der Ecke traf, hatte er genauso gute Laune wie ich. Freitags haben wir eigentlich immer gute Laune, weil wir uns auf zwei Tage ohne Schule freuen. Aber komischerweise haben wir uns nicht so doll gefreut wie sonst an einem Freitag und haben überlegt, warum das so ist.

»Ich glaube, wir freuen uns nicht so doll aufs Wochenende wie sonst, weil die Schule viel lustiger ist, seit Miss Braitwhistle da ist«, hab ich gesagt.

»Meine Mutter wundert sich schon, weil eine Woche lang kein Anruf gekommen ist«, hat Aki gesagt. »Ich glaube, ihr fehlt was.«

Frau Taube hatte nämlich immer bei Aki zu Hause angerufen, wenn er was angestellt hat, also praktisch jeden Tag.

Ich hab Aki angeschaut, und Aki hat mich angeschaut. »Mir fehlt die Taube jedenfalls nicht«, hab ich gesagt.

»Meinste, mir?«

Und dann sind wir um die Wette gelaufen.

Ich war als Erster in der Schule und hätte beinah Herrn Pommerenke umgerannt, der gerade ein großes Schild aufstellte.

BETRETEN DES HOFES BIS AUF WEITERES
NICHT GESTATTET!
GEFAHR DURCH ASTBRUCH

stand darauf.

»Wo sollen wir denn in der Pause hin?«, hat Aki gefragt.

»Ihr bleibt hübsch in der Klasse und benehmt euch«, brummte Herr Pommerenke.

»Aber meine Mutter meint immer, frische Luft ist ganz wichtig«, hab ich gesagt.

»Ihr könnt ja das Fenster aufmachen, dann habt ihr auch frische Luft!«

Wir sind in unsere Klasse gegangen, und da stand schon Miss Braitwhistle und hat die Tafel gewischt.

»Heute wir endlich haben Englisch«, hat sie gesagt. »Wir anfangen mit unregelmaßige Verben.«

»Spaßige Verben?«, hat Henni gefragt. »Das klingt aber lustig.«

Sie kam mal wieder aus dem Muspott, wie immer.

»Verben können gar nicht lustig sein«, meinte Max und biss in einen Schoko-Mandel-Riegel, aber das hätte er mal lieber nicht tun sollen.

»Well, Max, was heißt *essen* auf Englisch?«, hat Miss Braitwhistle gefragt.

Max konnte nicht antworten, denn er hat sich an dem Schoko-Mandel-Riegel verschluckt und musste husten.

Da schoss Hugos Arm in die Höhe, und er schrie: »Ich kann Englisch! Ich kann's wirklich.«

Miss Braitwhistle hat Hugo drangenommen, anscheinend glaubte sie noch, er würde was wissen.

Natürlich wusste er nichts.

»Äh, also ... ei spiek inglisch werri well ...«, fing er an. »Find nur die Wörter nicht so schnell«, hat Aki weitergesprochen, und wir haben alle gelacht.

Das Lachen ist uns aber schnell vergangen, denn plötzlich ging die Tür auf, und Frau Klawitter kam in die Klasse. Sie hat ausgesehen, als sei was Schlimmes passiert.

»Bei euch ist er also auch nicht?«, hat sie gesagt.

Gleich hatte ich wieder ein schlechtes Gewissen wegen dem Klavierschlüssel. Vielleicht sollte ich ihr einen Tipp geben?

»Haben Sie schon mal in der Findekiste nachgeschaut?«, hab ich sie gefragt.

»Ich glaube nicht, dass er da ist«, sagte sie.

»Warum nicht?«

»Weil er viel zu groß ist und nicht reinpasst.«

»Aber der Klavierschlüssel ist doch ganz klein!«, hat Aki gerufen.

»Den Klavierschlüssel hab ich doch längst wieder, Herr Pommerenke hat ihn gefunden. Nein, ich suche Herrn Fischli. Hat ihn einer von euch heute schon gesehen?«

Keiner von uns hatte ihn gesehen, und das war merkwürdig. Normalerweise stand er morgens vor dem Lehrerzimmer und sagte zu allen Schülern »Guten Morgen«. Aber wir hatten heute Morgen gar nicht darauf geachtet, weil wir uns so über Herrn Pommerenkes Schild aufgeregt haben.

Ich hab Aki angeschaut, und Aki hat mich angeschaut, und dann hab ich zu ihm gesagt: »Herr Fischli hat doch noch nie gefehlt.«

Auch Frau Klawitter hat gesagt: »Der Direktor hat noch nie gefehlt. Und wenn, hätte er sich doch gemeldet.«

»Vielleicht er hat nur einfach geschlafen aus«, sagte Miss Braitwhistle.

»Verschlafen, meinen Sie? Das kann ich mir nicht vorstellen, nicht Herr Fischli.«

Ich konnte mir weder vorstellen, dass Herr Fischli verschlafen hatte, noch, dass er überhaupt schlief.

»Was machen wir denn jetzt?«, rief Frau Klawitter ganz verzweifelt. »Wir brauchen unseren Direktor doch!«

»Wo wohnt Herr Fischli?«, hat Miss Braitwhistle gefragt.

»Sie wollen doch nicht etwa zu ihm gehen?« Frau Klawitter war ganz entsetzt.

»Naturlich.«

»Aber gehört sich das denn, ich meine, vielleicht ist Herr

Fischli ja krank und im Schlafanzug«, Frau Klawitter bekam mal wieder lauter rote Flecken am Hals.

»Ich nehme ein paar Kinder mit mir«, sagte Miss Braitwhistle.

Aki und ich haben uns gleich gemeldet, und auch Hugo hat wie wild mit den Fingern geschnipst.

»Drei Jungen, drei Mädchen«, hat Miss Braitwhistle gesagt. »Mehr nicht.« Von den Mädchen wollten aber nur Analisa und Henni mit.

»Dann geh ich eben«, hat Clemens gesagt. Und Max hat sich ausgeschüttet vor Lachen: »Clemens ist ein Mädchen, Clemens ist ein Mädchen!« Aber Clemens lässt so was kalt.

»Und was ist mit uns?«, wollte Pauline wissen. »Müssen wir etwa wieder zu Frau Sauermann?«

Frau Klawitter hat den Kopf geschüttelt. »Ihr dürft in der Klasse bleiben und einen Aufsatz schreiben.«

Aki hat mich angeschaut, und ich hab Aki angeschaut, und Aki hat gesagt: »Schwein gehabt!«

»Worüber sollen wir denn schreiben?«, hat Molly gefragt.

»Genau, worüber sollen wir schreiben?«, hat auch Polly gefragt.

»Schreibt eine kleine Geschichte über ...«, Frau Klawitter sah aus dem Fenster. »Über die Kastanie auf dem Hof.«

»Und wenn wir damit fertig sind?«, hat Max gefragt.

»Dann dürft ihr nach Hause gehen.«

Ich hab Aki angeschaut, und Aki hat mich angeschaut, und ich hab gesagt: »Pech gehabt!«

Aber immerhin kamen wir so an die frische Luft. Aber so frisch war die auch nicht, denn es hat nach Autos gestunken.

Glücklicherweise wohnte Herr Fischli nicht weit. Wir mussten nur durch den Park, dann in eine schmale Straße, in der viele Bäume standen, und bis zum Haus mit der Nummer 13.

Es war ein langweiliges kleines Haus in einem langweiligen kleinen Garten. Es gab etwas mickriges Gras und ein paar mickrige Büsche. Ich hatte gedacht, Herr Fischli wohnt in einer Villa. Wohnen Direktoren nicht immer in einer Villa?

Auch Aki schien enttäuscht zu sein. »Ist das wirklich das richtige Haus?«

Miss Braitwhistle hat auf den Zettel geschaut, auf den Frau Klawitter die Adresse geschrieben hatte: »Matterhornstraße Nummer 13. Das ist hier, isn't it?«

»Und was machen wir jetzt?«, wollte Henni wissen.

»Wir klingeln«, hat Miss Braitwhistle gesagt. »Was sonst?«

Das Gartentor war nicht abgeschlossen, wir sind rein und zur Haustür. Über der Klingel stand »*U. Fischli*«, wir waren also richtig. Aber was sollte das »U«?

»Kennt ihr einen Vornamen, der mit U anfängt?«, hab ich gefragt.

»Ulrike«, hat Annalisa gesagt. »So heißt meine Tante.«

Aki hat Annalisa einen Vogel gezeigt. »Herr Fischli heißt doch nicht Ulrike!«

»Vielleicht Uwe oder Ulrich«, schlug Clemens vor.

»Vielleicht ihr ihn fragt selber«, sagte Miss Braitwhistle und drückte auf den Klingelknopf.

Nichts passierte.

»Wir müssen die Polizei holen!«, rief Hugo ganz aufgeregt. »Vielleicht hat ihn jemand ermordet.«

»Wer wurde ermordet?«, fragte Henni.

Da hörten wir eine Art Schniefen und dann ein lang gezogenes Heulen. Weinte Herr Fischli etwa?

Miss Braitwhistle klopfte an die Tür. Und Aki rief: »Wir sind's, Herr Fischli! Die 4a.«

Das muss ihn wohl erschreckt haben, denn das Heulen hörte sofort auf.

»Nicht die ganze 4a«, fügte ich sicherheitshalber hinzu.

Und dann ging die Tür auf, und Herr Fischli stand da. Fast hätten wir ihn nicht erkannt. In der Schule trug er immer einen gebügelten Anzug und blank polierte Schuhe, außer im Sportunterricht natürlich. Jetzt hatte er eine zerknitterte Hose an und einen Pullover, der ein Loch im Ärmel hatte. Ein Schlafanzug hätte auch nicht schlimmer sein können.

»Was macht ihr denn hier?«, fragte er.

»Sie sind nicht zur Schule gekommen«, sagte Annalisa, und ihre Unterlippe zitterte schon wieder.

Herr Fischli zuckte mit den Schultern. »Entschuldigt bitte, aber es ging nicht. Ich konnte nicht … wegen ihm.«

Und dann haben wir ihn gesehen. Den Hund. Er hockte da und weinte. Ich hab noch nie einen Hund weinen sehen, aber der hier weinte wirklich. Seine Augen waren schon ganz rot. Dass jemand besser weinte als sie und dazu noch ein Hund, konnte Annalisa natürlich nicht auf sich sitzen lassen. Schon fing sie auch an zu heulen, aber keiner hat darauf geachtet.

»Der ist ja voll süß!«, hat Henni gerufen.

»Der ist doch nicht süß«, hat Aki gesagt. »Der ist krank.«

Miss Braitwhistle hat sich neben ihn gehockt und ihn gestreichelt. Da hat er seinen dicken Kopf gehoben und furchtbar angefangen zu jaulen. Es klang wie ein Nebelhorn.

»Was hat er denn?«, hab ich Herrn Fischli gefragt.

»Das ist ja das Problem, keiner weiß, was Felix fehlt«, hat Herr Fischli gesagt. »Seit gestern hat er nichts mehr gefressen, und heute Morgen wollte er noch nicht einmal raus zu unserer täglichen Runde im Park. Ich hab ihn zum Tierarzt gebracht. Doch der weiß sich auch keinen Rat.«

Herr Fischli wischte sich die Augen. Weinte der jetzt etwa auch?

Miss Braitwhistle hob den Kopf des Hundes hoch und sah ihm direkt in seine verheulten Augen. »Wir brauchen keine Tierdoktor, diese Bernhardiner ist hauskrank.«

»Hauskrank? Was meinen Sie damit?«

»Ich weiß es, sie meint, er hat Heimweh!«, hab ich gerufen.

Miss Braitwhistle hat genickt.

»Kommt erst einmal rein, dann erzähle ich euch alles«, hat Herr Fischli gesagt.

Er ist mit uns in sein Wohnzimmer gegangen. Man hat die Wände gar nicht gesehen, weil alles voller Bücher war. Nur eine Wand war frei, und da hingen Fotos. Auf allen war ein Bernhardiner zu sehen, manchmal mit Bergen dahinter

und manchmal ohne. Der Bernhardiner sah aus wie Felix, nur viel fröhlicher.

Herr Fischli hat auf ein Bild gezeigt und gesagt: »Da ging es ihm noch gut. Aber seit wir die Schweiz verlassen haben …« Er seufzte laut.

»Stimmt es, dass Sie nach Deutschland gekommen sind, weil Ihre Frau von der vielen Schokolade ganz dick geworden ist?«, hat Annalisa gefragt.

»Meine Frau?«, hat Herr Fischli erstaunt gerufen. »Ich habe keine Frau. Und eine dicke erst recht nicht.«

»Stimmt es, dass Sie nach Deutschland gekommen sind, weil Sie eine Allergie gegen Berge haben?«, hat Hugo gefragt.

»Natürlich nicht, ich liebe die Berge.«

»Aber warum sind Sie denn dann hier?«, wollte Aki wissen.

»Ich hab beim Skifahren in den Schweizer Alpen eine junge Dame kennengelernt, sie wohnte hier in der Stadt und … nun ja, es ging nicht lange gut.« Herr Fischli guckte auf seine Schuhspitzen. Er hatte sogar vergessen, seine Schuhe zu putzen.

»Und warum sind Sie nicht wieder in die Schweiz zurückgegangen?«, hab ich gefragt.

»Weil ich gern Direktor an eurer Schule bin«, hat Herr Fischli gesagt. »Aber wenn es Felix nicht bald besser geht, kann ich nicht länger in Deutschland bleiben.«

Das waren ja schreckliche Aussichten. Womöglich würde dann Frau Sauermann unsere Direktorin, und wir müssten Tag und Nacht nur noch lernen!

Ich hab Aki angeschaut, und Aki hat mich angeschaut, und dann hat Aki gesagt: »Miss Braitwhistle, Sie müssen etwas tun, bitte! Sie können Felix doch bestimmt helfen.«

Miss Braitwhistle hat mit den Schultern gezuckt und gesagt: »Ich bin Lehrerin, keine Hexe.«

»Ich glaube aber doch, dass sie eine Hexe ist«, hat Annalisa geflüstert.

Henni hat auf eins der Bilder an der Wand gezeigt und gefragt: »Warum hat Felix da ein Fässchen um den Hals?«

»Da ist Schnaps drin!«, hat Hugo gesagt.

»Trinken denn Hunde Schnaps?«, wollte Henni wissen.

»Blödsinn«, hat Clemens gesagt. »Der Schnaps ist für die Leute, die von einer Lawine verschüttet werden. Bernhardiner buddeln die aus, und wenn die halb erfroren sind, kriegen sie Schnaps, und dann wird ihnen wieder warm.«

Herr Fischli schüttelte den Kopf. »Das mit dem Schnaps ist ein Märchen. Wisst ihr, was wirklich in dem Fässchen ist? Heißer Tee.«

»Very well«, meinte Miss Braitwhistle. »Ich sag auch immer: Nichts geht uber eine Tasse Tee.« Sie holte ihre Kanne aus der Tasche. »Leider ich habe nur eine Tasse.«

Herr Fischli brachte zwei Tassen, auf denen auch Berge abgebildet waren und lustige Häuser und Kühe. »Für die

Kinder hab ich Schokolade, die schickt mir meine Mutter immer.«

Herr Fischli hatte eine Mutter? Das fanden wir äußerst seltsam, er musste doch schon uralt sein.

Die Schokolade war jedenfalls nicht uralt, sondern schmeckte sehr lecker.

Während Miss Braitwhistle und Herr Fischli Tee tranken und wir Schokolade aßen und uns gut benahmen, lag Felix unter dem Tisch und jaulte leise vor sich hin.

»Er hat Urkunden und Medaillen bekommen, weil er so viele Menschen aus dem Schnee gerettet hat«, erzählte Herr Fischli. »Seit wir hier sind, hat er keine Aufgabe mehr. Das fehlt ihm. Aber wo soll ich eine Lawine hernehmen und nicht stehlen?«

Wir haben alle Miss Braitwhistle angeschaut, aber die hat nur eine Augenbraue hochgezogen und gesagt: »Was glaubt ihr? Dass ich habe eine Lawine in der Tasche?« Sie hat ihre Tasche geöffnet und ausgekippt, sie war bis auf ein Taschentuch völlig leer.

Da hat Aki gerufen: »Ich hab eine Idee. Im Park liegen lauter Laubhaufen. Wir kriechen rein, und Felix kann uns suchen.«

Herr Fischli sah nicht sehr überzeugt aus. »Meint ihr, das funktioniert?«

»Wir müssen es versuchen«, hat Clemens gesagt. »Sonst stirbt er vielleicht.«

16

HERR FISCHLI WIRD LAUT

Akis Vorschlag war gut, aber wir hätten nicht gedacht, dass es so schwer sein würde, Felix aus dem Haus zu bekommen. Wir riefen und kraulten und lockten ihn, aber er bewegte sich nicht. Erst als Herr Fischli das Fässchen brachte, es mit heißem Tee füllte und ihm um den Hals band, stand er auf und trottete zur Tür. Er machte dann noch zwei, drei Schritte bis zum Gartentor, da legte er sich wieder hin, steckte den dicken Kopf zwischen die Pfoten und rührte sich nicht mehr.

»Am besten, ihr geht voraus und versteckt euch im Laub«, hat Herr Fischli gesagt.

»Ich mach da nicht mit«, hat Hugo gemeint und seine Brille zurechtgerückt. »Das ist bestimmt verboten.«

»Du musst dich ja nicht verstecken, du musst nur wieder herkommen und erzählen, dass fünf Kinder vermisst werden.« Herr Fischli flüsterte fast. »Wenn Felix das hört, wird ihn das sicher munter machen.«

Halb tot, wie der Hund jetzt dalag, konnte ich mir nicht vorstellen, dass er jemals wieder munter werden würde.

Wir liefen also die Straße entlang, bis wir im Park ankamen. Aki hatte recht gehabt. Überall lagen riesige Laubhaufen, die zwei Männer mit ihren Laubbläsern zusammentrieben. Die Dinger machten einen ohrenbetäubenden Lärm. Deswegen hatten die Männer auch Ohrenschützer auf. Nasenschützer wären aber auch nicht schlecht gewesen. Henni hat auf einen der Laubhaufen gezeigt und gesagt: »Da krieche ich bestimmt nicht rein!«

Die Männer bliesen nicht nur matschige Blätter zusammen, sondern auch jede Menge anderen Müll: Hamburgerschachteln, aufgeweichte Papierfetzen und –

»Hundekacke!«, schrie Aki.

Wir sahen Miss Braitwhistle an.

»Sorry, in England die Parks sind mehr sauber.«

»Aber was machen wir denn jetzt mit Felix?«, hat Annalisa gefragt, und ihre Unterlippe fing schon wieder an zu zittern.

»Folgt mir, kids!« Miss Braitwhistle ging uns voraus über den Spielplatz und einen schmalen Weg entlang, der auf einen kleinen Hügel führte. Wenn Schnee liegt, kann man da prima rodeln. Aber jetzt schien die Sonne, und an Schnee war nicht zu denken.

Was hatte Miss Braitwhistle bloß vor?

Auf dem Hügel blieb sie stehen und sagte zu Hugo: »Lauf

zuruck zu Herrn Fischli, und sag ihm, dass er soll sein hier mit Felix in einer Stunde, um zu retten funf Kinder.«

»Wen soll er retten?«, fragte Henni.

»Uns«, sagte Aki und zuckte mit den Schultern. Er verstand genauso wenig, was das sollte, wie ich.

Plötzlich hat sich eine dicke graue Wolke vor die Sonne geschoben, und es wurde kalt.

»Guckt mal, es schneit«, sagte Annalisa und zeigte in den Himmel.

»Du bist vielleicht blöd, das sind keine Schneeflocken, das sind –«, aber Aki sprach nicht weiter, denn es waren doch Schneeflocken. Zuerst waren es nur ganz wenige, und sie schmolzen auch gleich auf unseren Jacken, den Haaren und auf der Zunge, doch es wurden immer mehr. Bald konnte man gar nichts mehr sehen vor lauter Schnee. Kälter wurde es auch, und wir hatten noch nicht einmal Mützen oder Handschuhe dabei. Nur Clemens hatte seinen Schal, aber den hat er ja sowieso immer.

»Miss Braitwhistle, ich erfriere!«, rief Annalisa. Und Henni fragte erstaunt: »Wo kommt denn der ganze Schnee her?«

Miss Braitwhistle war nirgendwo zu sehen. Wir konnten uns selbst ja kaum erkennen. Plötzlich ertönte ein Pfiff und dann noch einer.

»Hier bin ich, children!« Durch den Schnee stapfte Miss Braitwhistle auf uns zu. Sie trug eine weiße Pelzmütze und einen weißen Pelzkragen. Dann hat sie ihre Tasche geöffnet und jedem von uns Handschuhe und Mützen gegeben. Die Jungs bekamen welche in Blau, die Mädchen welche in Rot. Nur Annalisa meckerte, sie hätte lieber welche in Rosa gehabt.

»Und jetzt wir uns machen an die Arbeit, come on!«

Miss Braitwhistle hat eine Kugel aus Schnee geformt, und zuerst haben wir gedacht, sie will mit uns eine Schneeballschlacht machen, aber dann hat sie die Kugel durch den Schnee gerollt, und sie wurde größer und größer. Wollte sie etwa einen Schneemann bauen?

Auch das nicht. Sie klopfte die Kugel oben und an der Seite etwas flach und rollte eine nächste.

Ich hab Aki angeschaut, und Aki hat mich angeschaut. »Ein Iglu!«, sagte ich. »Wir bauen ein Iglu.«

»Hurry up, children, wir haben nicht viel Zeit.«

Wir rollten und formten und türmten aufeinander, und nach kurzer Zeit hatten wir ein fast perfektes Iglu gebaut. Nur an einigen Stellen waren Ritzen, weil die Mädchen die Schneesteine nicht richtig aufeinandergestapelt hatten. Aber die Löcher haben wir einfach mit Schnee zugeschmiert. Dann sind wir durch den Eingang geschlüpft und haben ihn von innen mit Schnee ganz fest zugestopft.

»Ziemlich gemütlich, oder?«, hat Aki gesagt.

Wir hockten auf dem Boden auf einer dicken Decke, die Miss Braitwhistle auch aus ihrer Tasche gezogen hatte.

»Und wenn er uns nicht findet?«

»Wer?«, hat Henni gefragt.

»Na, Felix, der Bernhardiner.«

»Pscht, ich höre was«, hat Clemens gesagt. Jetzt hörten wir es auch. Ein Bellen. Ein ziemlich munteres Bellen. Das konnte doch nicht Felix sein, oder doch?

Das Bellen kam näher und wurde lauter und aufgeregter.

»Hier sind wir!«, rief ich. »Zu Hilfe! Wir sind verschüttet.«

»Aber wir sind doch gar nicht verschüttet«, sagte Henni.

Sie kapierte es noch immer nicht.

Das war auch nicht mehr nötig, denn in diesem Moment flog uns lauter Schnee ins Gesicht, und Felix' dicker Kopf erschien. Er wühlte und scharrte und kratzte so lange mit seinen Pfoten, bis er ein Loch gebuddelt hatte, das groß genug war, dass er rein- und wir rauskonnten. Aber erst einmal lief er hechelnd von einem zum anderen und hielt uns sein Fässchen hin.

Jeder von uns nahm einen Schluck von dem heißen Tee.

»Hey, du hast reingesabbert!«, rief Aki, als ihm Annalisa das Fässchen gab.

»Das war nicht ich, das war der Hund!«

»Nicht streiten!«, hat Miss Braitwhistle gesagt. »Bedankt euch lieber bei Felix, weil er euch hat gerettet.«

Und nun fingen wir alle an, ihn zu streicheln und zu knuddeln, und das ließ er sich auch gern gefallen.

Dann ist plötzlich noch ein Kopf im Eingang aufgetaucht.

Der von Herrn Fischli. »Hat Felix euch gefunden? Das ist ja großartig! Aber jetzt kommt raus, sonst erkältet ihr euch noch.«

Nacheinander sind wir aus dem Iglu gekrochen und haben ziemlich dumm aus der Wäsche geguckt, als wir gesehen haben, dass die Sonne schien und der ganze Schnee weg war. Und auch das Iglu tropfte und sackte langsam in sich zusammen.

Hugo stand vor dem Iglu und hat uns angestarrt. »Wo habt ihr denn die Mützen her?«

»Die hatte Miss Braitwhistle in ihrer Tasche«, hat Annalisa gesagt.

»Den Schnee etwa auch?«, hat er gefragt.

»Hugo! Was für eine dumme Frage!«, sagte Herr Fischli. »Solche Eisblöcke gibt es zu kaufen. Vielen Dank, Miss Braitwhistle. Wie haben Sie das in der kurzen Zeit nur geschafft?«

»Danken Sie nicht mir, danken Sie den children«, hat Miss Braitwhistle nur gesagt und gelächelt.

»Aber es hat wirklich geschneit, ganz in echt«, beharrte Annalisa.

Doch Herr Fischli hörte es nicht, er streichelte Felix und redete in einer seltsamen Sprache mit ihm. Es klang, als hätte er rostige Nägel im Hals.

Da ist mir etwas eingefallen: »Herr Fischli, wie heißen Sie eigentlich mit Vornamen?«

»Urs«, sagte Herr Fischli. »Ich heiße Urs.«

»Uhr?«, hat Henni gefragt. »Ist das ein Name?«

Das hätte sie lieber nicht sagen sollen, denn Herr Fischli hat auf die Uhr geschaut. »So spät ist es schon? Ihr müsst doch in die Schule! Und ich auch.«

Wir hatten keine große Lust auf die Schule, aber Felix ist mit uns mitgekommen. Das hat Spaß gemacht. Wir haben uns darum gestritten, wer seine Leine halten durfte. Hugo hat so getan, als gehöre Felix ihm allein, das konnten Aki und ich natürlich nicht zulassen.

»Ich denke, du hast eine Allergie gegen Hunde«, hab ich gesagt.

»Gegen den aber nicht«, hat Hugo behauptet und die Leine nicht losgelassen.

Da hat erst Aki ihn ein bisschen geschubst, sodass er in eine Hecke fiel, und dann hab ich ihn geschubst, aber auch nicht richtig doll. Warum Hugo dann plötzlich in einem Abfalleimer steckte, weiß ich auch nicht.

Herr Fischli hat es auch nicht gewusst, denn der ging mit Miss Braitwhistle vor uns, und als Hugo brüllte: »Herr Fischli, Herr Fischli! Der Franz hat mich in den Mülleimer geworfen!«, da hat er sich kurz umgedreht und gesagt: »Petzen ist keine schöne Angewohnheit, Hugo.«

Das hat Hugo natürlich nicht gefallen, also ist er aus dem Abfallkorb geklettert und hat mir mit einem alten Pizzakarton auf den Kopf gehauen. Als ich ihm dafür eins auf die

Nase geben wollte, war plötzlich Felix zwischen uns und hat die Ohren angelegt und laut geknurrt. Da haben wir uns nicht mehr getraut, uns weiter zu schlagen, und sind ganz brav zur Schule gegangen.

Vor der Schule stand ein Pritschenwagen.

Natürlich wollten wir wissen, was der geladen hatte. Es war aber nichts Besonderes. Nur Äste und Teile von einem Baumstamm.

Wir wollten schon an dem Wagen vorbei und zum Schultor gehen, da rief Clemens plötzlich: »Das ist doch unsere Kastanie!«

»Was?«, hat Herr Fischli gesagt. »Das kann nicht sein!«

Es konnte aber doch sein. Denn es war wirklich unsere Kastanie, die da zerstückelt auf der Ladefläche lag. Ich hab's daran erkannt, dass auf einem Stück *Hugo ist doof* stand, das hatte Aki in der dritten Klasse in die Rinde geritzt. Natürlich hat Annalisa sofort angefangen zu heulen, und diesmal hätte ich am liebsten mitgeheult.

Herr Fischli sprang die Stufen hoch, riss die Tür auf, rannte den Flur entlang und ist hinten raus auf den Hof. Wir sind natürlich hinter ihm her.

Auf dem Hof stand da, wo vor ein paar Stunden noch unsere Kastanie gestanden hatte, Herr Pommerenke. Er sah sehr zufrieden aus. Aber nicht lange. Denn Herr Fischli hat ganz schön gebrüllt. Wir wussten gar nicht, dass er so böse werden kann. »Wie konnten Sie den Baum fällen lassen?

Ohne mich zu fragen? Das ist einfach ungeheuerlich! Diesmal sind Sie zu weit gegangen, Herr Pommerenke!«

»Der Baum war eine Gefahrenstelle«, hat Herr Pommerenke gebrummt. »Total morsch. Und außerdem hab ich die Genehmigung von der Schulbehörde.« Er wedelte mit einem Zettel. »Das ist sogar amtlich.«

Herrn Fischli hat der amtliche Zettel nicht sehr beeindruckt. »Wie sieht der Hof denn jetzt aus? Völlig nackt!«

Der Hof sah wirklich nicht schön aus. Ich meine, richtig schön ist er ja nie gewesen, aber ohne die Kastanie sah man erst, wie hässlich er wirklich war. Der schwarze Belag auf dem Boden hatte Löcher und Risse, nur das Unkraut sah hübsch grün aus.

Während Herr Fischli und Herr Pommerenke stritten, lief Felix aufgeregt um die beiden herum und bellte laut.

Herr Pommerenke hatte inzwischen einen puterroten Kopf und schrie: »Und überhaupt sind Hunde in der Schule verboten!«

»An meiner Schule nicht«, sagte Herr Fischli. »Sie werden lachen, aber ich werde Felix jetzt jeden Tag mitbringen.«

Aber Herr Pommerenke lachte nicht. »Das werde ich der Schulbehörde melden, und dann werden Sie schon sehen!«, sagte er, warf die Harke auf den Boden und ging.

Miss Braitwhistle hat die ganze Zeit nichts gesagt. Es hätte ihr ja sowieso keiner zugehört. Aber dann ging sie zu der Stelle, wo mal unsere Kastanie stand, und hat mit der Fußspitze ein wenig in der Erde gescharrt.

»Man muss pflanzen eine neue Kastanie«, hat sie gesagt.

»Aber das dauert ja hundert Jahre, bis die so groß ist wie die alte«, hab ich gesagt.

»Vielleicht. Vielleicht auch nicht.« Miss Braitwhistle hat aus ihrer Tasche eine Kastanie gezogen. Und ich hätte wetten können, dass es die war, die dem Inspektor von der Schulpolizei aus der Tasche gefallen ist, als wir Kopfstand gemacht haben. Sie sah jedenfalls genauso verschrumpelt aus.

Miss Braitwhistle hat sich gebückt und sie schnell in die Erde gesteckt, aber es hat keiner gesehen außer Aki und mir.

Ich wollte was sagen, aber da hat sie mir zugezwinkert und den Finger auf die Lippen gelegt.

»Wait and see«, hat sie gesagt. »Abwarten und Tee trinken.«

Es hat zur Pause geklingelt, aber niemand ist auf den Hof gekommen. »Wo sind denn meine Schüler?«, hat sich Herr Fischli gewundert.

»Frau Klawitter hat gemeint, alle dürfen nach Hause gehen, weil der Direktor fehlt«, hat Hugo gesagt und dabei ausgesehen wie ein aufgeblasener Frosch.

»Gut, dann dürft ihr jetzt auch gehen, und am Montag werde ich dafür sorgen, dass wir einen neuen Hausmeister bekommen«, hat Herr Fischli gesagt.

Das war ja mal eine doppelt gute Nachricht. Trotzdem haben wir uns nicht gefreut, denn was war unsere Schule ohne unsere Kastanie? Einfach nur ein Haufen alter, langweiliger Steine.

Aki und ich gingen langsam über den Hof. »Ich glaub ja nicht, dass es was bringt«, hat Aki gesagt. »Sie war doch schon ganz schrumpelig.«

Ich wusste genau, was er meinte, nämlich die Kastanie, die Miss Braitwhistle in die Erde gesteckt hatte. »Wer weiß, vielleicht passiert ja ein Wunder«, hab ich gesagt, aber geglaubt hab ich es nicht.

17

DER NEUE HAUSMEISTER BEIẞT NICHT

Als Aki und ich am Montag in die Schule kamen, war alles anders als sonst. Vor dem Eingang stand kein Herr Pommerenke und hat rumgemeckert, dass wir zu laut oder zu schmutzig oder zu sonst was wären, nein, da saß Felix und hat jeden von uns mit einem fröhlichen Bellen begrüßt. Ein Mädchen aus der ersten Klasse hat vor Schreck seine Mappe fallen gelassen und ist weggelaufen, doch Felix hat die Mappe vorsichtig mit den Zähnen aufgehoben und ihr hinterhergetragen. Da wollte sie ihn am liebsten mit nach Hause nehmen. Der Einzige, der Felix nicht süß und knuddelig fand, war der grässliche Albrecht aus der 4b. Der wollte nämlich Aki ein Bein stellen, aber da hat Felix ihn so böse angeknurrt, dass Albrecht sich ganz schnell aus dem Staub gemacht hat.

Als wir in unsere Klasse gingen, kam Felix uns hinterher und hatte Hennis Turnbeutel im Maul, den sie mal wieder irgendwo liegen gelassen hatte.

»Felix ist ein viel besserer Hausmeister als Herr Pommerenke«, hat Pauline gesagt.

»Und man kann ihn streicheln«, hat Molly gesagt. »Das konnte man Herrn Pommerenke nicht.«

»Genau, streicheln konnte man Herrn Pommerenke nicht«, wiederholte Polly.

»Unsere Kastanie ist geschrumpft!«, schrie Max, der am Fenster stand.

»Bäume können nicht schrumpfen«, hat Clemens gesagt. »Der Pommerenke hat sie am Freitag abgeholzt.«

»So was Gemeines«, hat Pauline gesagt. »Dabei hab ich so einen schönen Aufsatz über sie geschrieben. Wollt ihr mal hören?«

Keiner von uns wollte das, Paulines Aufsätze sind immer sehr lang.

Ich hab mich neben Max ans Fenster gestellt und gerufen: »Aki, komm schnell, sie ist gewachsen!«

Natürlich war die Kastanie noch sehr klein, nicht viel höher als einen halben Meter, aber wenn sie weiter so schnell wuchs, würden wir vielleicht doch nicht hundert Jahre warten müssen.

Aki hat mich angeschaut, und ich hab Aki angeschaut, und Aki hat gesagt: »Vielleicht kann Miss Braitwhistle ja doch zaubern.«

Das musste sie, denn wie sonst sollte aus einer schrumpeligen Kastanie in so kurzer Zeit ein richtiger kleiner Baum geworden sein?

Als es zur Stunde klingelte, kam Herr Fischli in die Klasse und sagte: »Liebe Kinder, wie ihr sicher bemerkt habt, gibt es einige Veränderungen in der Schule. Herr Pommerenke hat ohne meine Erlaubnis die Kastanie fällen lassen. Glücklicherweise hat das Schulamt inzwischen schon für einen

Ersatz gesorgt. Der Baum ist zwar noch klein, aber er wird wachsen.«

Ich hab aus dem Fenster geschaut, und die Kastanie schien schon wieder ein Stückchen größer zu sein als vor fünf Minuten. Von wegen Schulamt!

»Außerdem ist Herr Pommerenke nicht länger unser Hausmeister«, sprach Herr Fischli weiter. »Und bis wir einen neuen bekommen, wird Felix, mein Hund, ein wenig nach dem Rechten sehen.«

»Beißt der?«, wollte Polly wissen.

»Genau, beißt der?«, wollte natürlich auch Molly wissen.

»Nein, nein, ihr müsst keine Angst vor ihm haben, er ist ein ausgebildeter Rettungshund und tut keiner Fliege etwas zuleide, solange ihr ihn nicht ärgert.«

Dann sah er auf die Uhr. »Miss Braitwhistle scheint sich zu verspäten, ich schaue mal, wo sie bleibt.«

Er hatte schon die Klinke in der Hand, da wurde die Tür von jemandem aufgestoßen und knallte ihm an den Kopf.

Herr Fischli hat sich an die Stirn gefasst und ein Gesicht gemacht, als würde er lauter Sterne sehen.

Er sah aber keine Sterne, sondern eine Frau. Sie war ziemlich groß und ziemlich dick und trug eine Brille und erinnerte mich an jemanden.

»Mama!«, hat Hugo gerufen. Und da wusste ich, an wen sie mich erinnerte.

»Gut, dass ich Sie antreffe, Herr Fischli«, hat die Frau gesagt, aber mit einer so lauten Stimme, dass es klang wie ein Befehl. »Ich muss mich bei Ihnen beschweren!«

Herr Fischli hat die Hand von der Stirn genommen, und man konnte eine dicke Beule sehen.

»Aber weswegen denn, Frau Harnisch?«

»Stimmt es, dass seit einer Woche eine Miss Sowieso den Unterricht dieser Klasse übernommen hat?«

»Ja, Frau Taube hat uns leider –«, begann Herr Fischli, aber Frau Harnisch ließ ihn nicht zu Wort kommen.

»Sie geben also zu, dass Sie meinen Sohn einer völlig ungeeigneten Lehrkraft anvertraut haben?«

»Nicht nur Ihren Sohn, und außerdem kann ich Ihnen versichern, dass Miss Braitwhistle die allerbesten Zeugnisse vorweisen kann und –«

»Das interessiert mich nicht. Mich interessiert, was mein Sohn in Ihrer Schule lernt, und das ist seit einer Woche weniger als nichts!«

Hugos Mutter hat an den Fingern aufgezählt: »Montag musste Hugo Kopfstand machen, danach fiel ihm ein Ast auf den Kopf, und er war ohnmächtig, am Dienstag gab es einen unangekündigten Klassenausflug, bei dem er mit einem Pferd in Berührung kam, und das, wo er eine Tierhaarallergie hat!« Sie schnaubte wie ein Dampfkessel. »Am Mittwoch wäre er dann fast an einer Rauchvergiftung gestorben.«

»Aber das stimmt nicht, es war nämlich so –«

»Unterbrechen Sie mich nicht! Musste die Feuerwehr kommen, ja oder nein?«, bellte Frau Harnisch.

»Das stimmt, aber das war nur ein Missverständnis. Miss Braitwhistle wollte den Kindern zeigen, wie man einen original englischen Plumpudding zubereitet.«

»Plumpudding!«, spuckte Hugos Mutter. »So ein Schwachsinn.«

»Hat aber Spaß gemacht«, hat Hugo gesagt, aber so leise, dass seine Mutter es nicht gehört hat. Er ist unruhig auf dem Stuhl rumgerutscht, und man konnte genau sehen, wie peinlich ihm das alles war.

»Am Donnerstag konnte dann der Schwimmunterricht nicht stattfinden, weil diese Person dafür gesorgt hat, dass das Schwimmbecken vereiste.«

»Dafür haben wir Eishockey gespielt«, hat Aki gerufen. »Das war viel besser als das blöde Schwimmen.«

Hugos Mutter warf Aki einen bösen Blick zu. »Bist du nicht der schreckliche Junge, der Hugo immer ärgert?«

Aki hat den Kopf geschüttelt. »So was würde ich nie tun!«

»Hugo! Ist er das, ja oder nein?«

Alle haben wir Hugo angeschaut, und der ist immer kleiner geworden und fast unter dem Tisch verschwunden.

»Nun sag doch was, Hugo!«

Aber Hugo hat sich nicht getraut, was zu sagen, und das war auch sicher besser so, denn entweder hätte er gleich eins von seiner Mutter auf die Mütze bekommen oder später von Aki.

Weil Hugo nichts sagte, hat sich Frau Harnisch wieder auf Herrn Fischli gestürzt. »Dann hat diese Person dafür gesorgt, dass die Kinder den Bus verpasst haben und in einem Ballon zur Schule fliegen mussten.«

»Fahren«, hat Herr Fischli gesagt.

»Wie bitte?«

»In einem Ballon fliegt man nicht, man fährt.«

»Das ist mir schnurzpiepegal, ich erlaube nicht, dass mein Sohn in einem Ballon transportiert wird.«

»Es kommt nicht wieder vor«, sagte Herr Fischli.

Aber Frau Harnisch war noch lange nicht fertig. »Und der Gipfel war dann ja wohl am Freitag, als Sie …« Dabei bohrte sie Herrn Fischli ihren Finger in die Brust. »Als Sie, immerhin der Direktor dieser Schule, einfach nicht erschienen sind, nur weil Ihr dämlicher Köter Depressionen hatte.«

»Felix ist nicht dämlich!«, hat Pauline gerufen.

»Der ist ganz süß«, hat Molly gesagt.

»Genau, der ist ganz süß«, hat auch Polly gesagt.

»Hunde sind nie süß«, knurrte Frau Harnisch. »Ich stelle also fest, dass die ganze letzte Woche kein normaler Unterricht stattgefunden hat. Und dafür sind Sie …« Wieder bohrte sie ihren Finger in Herrn Fischlis Brust. Er hat mir richtig leidgetan, denn es war ein dicker Finger. »Dafür sind ganz allein Sie verantwortlich.«

»So beruhigen Sie sich doch, Frau Harnisch, ich bin sicher, die Kinder haben gerade in der letzten Woche außerordentlich viel gelernt. Unterricht muss schließlich nicht nur im Klassenraum stattfinden.«

»Ach nein? Da bin ich allerdings ganz anderer Ansicht. Und ich werde Ihnen beweisen, dass die Kinder nichts gelernt haben und dass Sie als Direktor völlig unfähig sind.«

Hugos Mutter ging zur Tür, und ich hoffte, sie würde nun endlich verschwinden, weil mir ihre Stimme in den Ohren wehtat. Clemens hatte sich schon seinen Schal um den Kopf gewickelt, er hat nämlich ganz besonders empfindliche Ohren, muss man wissen.

»Herr Wühlisch? Na, da sind Sie ja endlich!«

Wühlisch? War das nicht der Inspektor von der Schulpolizei?

Ja, er war es, und er sah nicht sehr glücklich aus, als er jetzt in die Klasse kam.

»Wo haben Sie denn gesteckt?«, hat ihn Hugos Mutter angeschnauzt.

»Ein Hund, ein Bernhardiner, um genau zu sein, hat mich nicht ins Schulgebäude gelassen. Erst als ich ihm meinen Ausweis gezeigt habe, durfte ich rein.«

»Das glauben Sie doch wohl selbst nicht!«

Herr Fischli mischte sich ein: »Gestatten Sie, aber Felix ist ein ausgebildeter Rettungshund, und natürlich hat er gelernt –«

»Zu lesen? Erzählen Sie das Ihrer Großmutter, aber nicht mir!«

»Brüllen Sie mich nicht an!«, rief Herr Fischli.

»Ich brülle nicht, ich rede immer so!«

Hugo hat genickt und auf den Boden gestarrt, und zum ersten Mal hat er mir richtig leidgetan.

Herr Wühlisch räusperte sich und sagte: »Bitte beruhigen Sie sich, Herr Fischli. Frau Harnisch hat mich aufgesucht, weil sie sich Sorgen macht, dass der Unterricht in der 4a in letzter Zeit nicht ganz dem Lehrplan entspricht.«

»Er hat praktisch nicht stattgefunden!«, bellte Frau Harnisch.

Herr Wühlisch schaute uns an. »Das lässt sich ja leicht überprüfen. Ich schlage vor, die Schüler zu fragen, was sie in der letzten Woche gelernt haben. Nun, wer möchte als Erster?«

Keiner hat sich getraut, was zu sagen, aber nicht aus Angst vor dem Inspektor, sondern aus Angst vor Hugos Mutter. Sie hat uns so finster angeguckt, dass ich mich am liebsten unter dem Tisch versteckt hätte.

»Ihr müsst keine Angst haben«, hat Herr Wühlisch gemeint. »Euch passiert nichts.«

Da war ich mir nicht so sicher.

Auf einmal hat sich Henni gemeldet. Das war jetzt schon das zweite Mal in einer Woche. »Wir haben gelernt, wer die Wärmflasche erfunden hat.«

»Und wer war das?«, fragte der Inspektor.

»Sir William Arthur Braitwhistle«, sagte Henni stolz.

Frau Harnisch schnaubte verächtlich. »Lächerlich.«

»Aber du benutzt doch auch eine«, sagte da Hugo. »Weil du immer kalte Füße hast.«

»Sei still, Hugo!«, fauchte seine Mutter.

»Sie sollten öfter Kopfstand machen«, hat Pauline gesagt. »Das bringt den Kreislauf in Schwung.«

»Genau, außerdem kann man hinterher viel besser denken«, hat Annalisa gesagt.

»Das haben wir ausprobiert!«, hat Molly gerufen.

»Genau, das haben wir ausprobiert«, hat auch Polly gerufen.

Und jetzt gab es kein Halten mehr, alles redete durcheinander.

»Wir haben gelernt, was alles in einen Plumpudding gehört!«

»Und wie man ein richtiges Feuer macht.«

»Dass Bernhardiner gar keinen Schnaps in ihrem Fässchen haben, sondern Tee.«

»Und Englisch können wir auch!«, rief Max.

»Dann lasst mal hören«, sagte der Inspektor.

»Hurry up, children! Come on, lazybones! Don't be silly!«

»Und wir können ein englisches Lied singen!«, sagte Molly.

»Genau, wir können ein englisches Lied singen«, sagte Polly.

Und dann fingen sie schon an mit *Jingle Bells.*

Der Inspektor hob die Hände, als wollte er sich ergeben. Es klang aber auch zu grässlich. »Danke, danke, das reicht.«

Jetzt hat sich Clemens gemeldet und auf die Wand gezeigt, an der unsere Bilder hingen. »Wir haben alles gemalt.«

Frau Harnisch ist zur Wand gegangen und hat sich unsere Bilder angeguckt. »Und welches stammt von dir, Hugo?«, hat sie gefragt.

Auweia! Hugo hatte ja gar kein Bild gemalt, und das Porträt, das Aki von ihm gemacht hatte, war ja nur ein brauner Klecks gewesen, und Hugo hatte es weggeworfen. Aber das konnten wir seiner Mutter auf keinen Fall erzählen, wer weiß, was sie mit Hugo angestellt hätte, also bin ich aufgesprungen und hab auf mein Bild gezeigt. »Das da! Das hat Hugo gemalt.«

»Sehr schön, Hugo, du hast dich gut getroffen. Aber wo ist deine Brille?«, hat Frau Harnisch gefragt. Natürlich hatte der Junge auf meinem Bild keine Brille auf, denn der war ja ich, und ich brauch keine Brille.

»Die hab ich abgesetzt, Mama«, hat Hugo gesagt und ein unschuldiges Gesicht gemacht. »Damit sie nicht kaputtgeht.«

»Sehr gut, Hugo.«

»Sehen Sie, Frau Harnisch«, hat der Inspektor gesagt. »Für die Kinder war diese Woche bestimmt sehr nützlich. Manchmal lernt man im Leben mehr als in der Schule.«

»Trotzdem frage ich mich, wo diese Person, diese Miss Sowieso, steckt, die eigentlich die Klasse unterrichten soll.«

Herr Fischli hat wieder auf die Uhr geschaut. »Ehrlich gesagt, verstehe ich das auch nicht, aber vielleicht –«

In diesem Augenblick ging die Tür auf, und Miss Braitwhistle erschien. »Hello, Mister Fischli, Mister Wuhlick, und wer sind Sie?«, hat sie Hugos Mutter gefragt.

»Ich bin Mister – ich meine, Frau Harnisch. Die Mutter von Hugo.«

»Nice to meet you«, hat Miss Braitwhistle gesagt. »Hugo ist ein ganz besonderer Schuler, very special.«

»Nun ja, ich gebe mir mit der Erziehung ja auch ganz besondere Mühe.« Frau Harnisch hat die Mundwinkel ein wenig verzogen, so als ob sie lächeln wollte.

Miss Braitwhistle hat ihre Tasche auf den Tisch gestellt und gesagt: »Entschuldigen Sie alle bitte, dass ich bin too late, aber ich hatte eine kleine Problem.«

Dann hat sie ihre Tasche geöffnet und etwas herausgezogen. Wir konnten nicht sehen, was es war, denn Hugos Mutter stand davor, aber wir haben ihren Schrei gehört. Sie sah aus, als würde sie gleich ohnmächtig, genau wie Hugo neulich. Hoffentlich hatte Miss Braitwhistle noch ihr Fläschchen mit dem Riechsalz.

»Herr im Himmel, was ist das?«, hat Frau Harnisch gesagt, aber ganz leise diesmal, der Schreck war ihr wohl auf die Stimme geschlagen.

»Was glauben Sie?«, hat Miss Braitwhistle gefragt. Und wir konnten leider immer noch nichts sehen, haben aber ganz lange Hälse gemacht.

»Das ist ein Totenkopf«, hat der Inspektor gesagt.

»Falsch, das ist nicht nur tote Kopf, das ist tote Korper«, hat Miss Braitwhistle gesagt, und dann haben wir es klappern hören, und sie hat aus ihrer Tasche ein Skelett gezogen.

Die Mädchen haben noch schlimmer gekreischt als bei der Maus in der Schulküche.

Ich hab Aki angeschaut, und Aki hat mich angeschaut, und dann hab ich gesagt: »Ob das wohl echt ist?«

Miss Braitwhistle hat das Skelett an den Tafelständer gehängt, und es sah ziemlich echt aus.

»Darf ich fragen, was Sie mit dem Skelett vorhaben, Miss Braitwhistle?«, hat der Inspektor gesagt.

»Letzte Woche wir haben gemacht Blut, diese Woche wir machen Knochen«, sagte Miss Braitwhistle und hat dem Skelett die Hand geschüttelt.

»Ausgezeichnet«, sagte der Inspektor. »Das ist ja ganz ausgezeichnet.«

»Ausgezeichnet finden Sie das?«, hat Frau Harnisch gerufen. »Schauen Sie sich meinen Hugo doch an, der macht sich vor Angst gleich in die Hose!«

Und wieder haben alle Hugo angeschaut, um zu sehen, ob er sich in die Hose macht. Die Mädchen haben gekichert und die Jungen mit dem Finger auf ihn gezeigt. Und wieder hat mir Hugo leidgetan. Und er sich selber wohl auch, denn er hat angefangen zu weinen. Jetzt hatten wir schon zwei Heulsusen in der Klasse. Na prima.

»Da sehen Sie's ja selbst«, hat Frau Harnisch gesagt und Hugo vom Stuhl gezogen. »Komm, Hugo, wir gehen nach Hause.«

»Tschüs, Hugo!«, hab ich gerufen. »Bis morgen.«

In der Tür hat sich Hugos Mutter noch einmal umgedreht und zu Herrn Fischli gesagt: »Hugo kommt erst wieder, wenn hier normaler Unterricht stattfindet. Ohne Gerippe, aber dafür mit normalen Lehrern.«

Wir hatten aber überhaupt keine Lust auf normale Lehrer.

Als die brüllende Frau Harnisch mit dem heulenden Hugo endlich weg war, sagte der Inspektor von der Schulpolizei: »Liebe Miss Braitwhistle, Sie können nun mit dem Unterricht beginnen.«

»Genau das ich hatte auch vor«, hat Miss Braitwhistle gesagt. Und Herr Fischli und Herr Wühlisch meinten, wir sollten schön aufpassen, und haben uns mit Miss Braitwhistle allein gelassen.

»Vielleicht geht sie mit uns ja auf den Friedhof, und wir buddeln das Skelett wieder ein«, hat Aki mir zugeflüstert.

»Und wir treffen einen Vampir«, hab ich zurückgeflüstert. »Oder einen Zombie, dem die Augen so halb raushängen.« Aki hat die Augen verdreht, sodass nur noch das Weiße zu sehen war.

»Franz! Aki! Shush! Ruhe bitte!«

Aus einem Ausflug auf den Friedhof wurde leider nichts. Und Vampire und Zombies haben wir auch nicht getroffen. Stattdessen lernten wir alles über Knochen. Zweihundertsechs Knochen hat der Mensch, und ich glaube, Miss Braitwhistle hat uns jeden einzelnen erklärt. Zum Schluss mussten wir das Skelett auch noch abmalen.

Miss Braitwhistle hat sich meine Zeichnung angeschaut, eine Augenbraue hochgezogen und gesagt: »Mach noch einmal neu, Franz. Du hast vergessen Bogen von Elle, aber manchmal die konnen sein sehr wichtig.«

Und als wäre das nicht alles schon schlimm genug, haben wir sogar Hausaufgaben aufbekommen. Wir sollten das Skelett von einem Tier zeichnen. Ich hab überlegt, welches Tier die wenigsten Knochen haben könnte. Vielleicht ein Regenwurm?

18

RACHE IST BLUTWURST

In der Pause konnten wir wieder nicht auf den Hof, weil es geregnet hat. Aki und ich haben am Fenster gestanden und unserer Kastanie beim Wachsen zugeschaut. Jetzt war sie schon fast so groß wie Aki.

»Was haben wir denn jetzt?«, hat Henni gefragt.

»Musik«, hab ich gesagt. »Leider.«

Aki hat mich angeschaut, und ich hab Aki angeschaut, und dann hatten wir eine prima Idee.

Wir sind raus auf den Flur und haben aus der Findekiste ein paar Sachen geholt. Einen roten Pulli mit Rentieren drauf, grüne Handschuhe und eine blaue Pudelmütze.

Damit sind wir schnell in die Klasse zurück und haben das Skelett vom Ständer genommen und auf Hugos Platz gesetzt. Dann haben wir dem Gerippe vorsichtig den Pulli angezogen und die Mütze über den Schädel gestülpt. Am schwierigsten war es, ihm die Handschuhe über die knochigen Finger zu ziehen.

»Was macht ihr da?«, hat Molly gefragt.

»Genau, was macht ihr da?«, hat auch Polly gefragt.

»Sie ziehen dem Knochenmann was an, damit er nicht friert«, meinte Annalisa.

»Der friert doch sowieso nicht mehr, der ist doch schon tot«, hat Max gesagt und in sein doppelt und dreifach belegtes Brötchen gebissen.

Als wir mit dem Anziehen fertig waren, haben wir das Skelett so hingesetzt, dass es aussah, als hätte es seinen Kopf auf die Arme gelegt und würde schlafen.

In diesem Moment klingelte es, und wir sind schnell auf unsere Plätze gehuscht.

Frau Klawitter kam zur Tür herein, und wir haben »Guten Morgen, Frau Klawitter« gesagt, obwohl es ja schon Mittag war.

»Letzte Woche hat es ja nicht geklappt mit dem Notendiktat«, hat Frau Klawitter gesagt. »Aber nun ist der Klavierschlüssel ja Gott sei Dank wieder da, und wir können gleich anfangen. Seid ihr bereit?«

»Ich glaube, Hugo ist nicht bereit«, hat Aki gesagt und auf das Skelett gezeigt.

»Dem ist schon den ganzen Tag nicht gut«, hab ich gesagt.

Die anderen haben nichts gesagt, ich glaube, sie waren viel zu gespannt darauf, was gleich passieren würde.

»Hugo, setz dich bitte aufrecht hin!«, sagte Frau Klawitter streng. »Und nimm die Mütze ab.«

Aber das Skelett hat sich nicht aufrecht hingesetzt, und es hat auch nicht die Mütze abgenommen.

»Hugo! Ich muss dich sonst eintragen!«

Der echte Hugo hätte jetzt schon längst strammgestanden. Inzwischen konnte ich mir auch denken, warum er immer alles machte, was die Lehrer sagten. Aus Angst vor seiner Mutter nämlich.

Frau Klawitter ist zu Hugos Tisch gegangen. »Wenn dir nicht gut ist, dann bring ich dich ins Krankenzimmer.«

Ich stellte mir das Skelett vor, wie es mit einer Wärmflasche auf der grünen Liege im Krankenzimmer liegt, und spürte, wie aus meinem Bauch eine Art Gluckern aufstieg. Aber ich musste nicht rülpsen, ich musste lachen. Das durfte ich natürlich nicht. Noch nicht. Ich hab mir auf die Lippe gebissen und die Nasenlöcher zugekniffen, manchmal hilft das. Ich hab Aki nicht angeschaut, und Aki hat mich nicht angeschaut, denn wenn wir das gemacht hätten, wäre es vorbei gewesen.

»Hugo, jetzt reicht's mir allmählich.« Frau Klawitter klang ziemlich ungeduldig. »Und nimm endlich diese Mütze ab, Junge!«

Ich spürte, wie es in der Klasse brodelte und blubberte wie in einem Kessel, der gleich überkocht. Wenn wir nicht sofort lachen konnten, würden wir platzen oder ersticken.

Aber bevor wir platzen oder ersticken konnten, hat Frau Klawitter dem falschen Hugo die Mütze vom Kopf gezogen. Und wir konnten endlich alle lachen. Es sah aber auch zu komisch aus: Frau Klawitter stand da, die blaue Pudelmütze in der Hand, und starrte auf den Totenschädel. Sie wurde erst rot, dann weiß und dann ... dann wurde sie grün. Ich hab noch nie gesehen, wie jemand grün geworden ist. Hübsch sieht es jedenfalls nicht aus.

Mit ihrem grünen Gesicht ist Frau Klawitter aus der Klasse gestürzt.

Wir haben schnell das Skelett wieder ausgezogen und es zurück an den Kartenständer gehängt.

Es hat ziemlich lange gedauert, bis Frau Klawitter zurückgekommen ist.

»Wir schreiben kein Notendiktat«, hat sie gesagt. »Ich weiß etwas viel Besseres.«

Wir haben uns schon gefreut, aber nicht lange.

»Ich singe euch etwas vor, und ihr müsst es nachsingen. Und zwar jeder einzeln!«

Es war die schlimmste Musikstunde meines Lebens. Frau Klawitter hat grässliche Lieder gesungen, so welche, in denen Liebe drin vorkam und Herz und Schmerz und der ganze Mist.

Aki und ich wären fast gestorben, als wir mit Singen dran waren. Die Mädchen haben natürlich gefeixt und gekichert, denen macht es ja auch nichts aus, so einen Schmalz zu singen. Uns war das Lachen jedenfalls gründlich vergangen.

Als die Stunde endlich zu Ende war und Aki und ich an Frau Klawitter vorbei zur Tür gehen wollten, hat sie gesagt: »Tit for tat!«

»Was soll das heißen?«, wollte Aki wissen.

»Fragt Miss Braitwhistle, die erklärt es euch sicher.«

Aber wir haben auch so geahnt, was das heißen sollte, irgendwas wie »Rache ist Blutwurst« oder so ähnlich.

19

EINE STINKENDE HAUSAUFGABE

Als Aki und ich am Dienstagmorgen zur Schule kamen, saß wieder Felix vor dem Schultor und hat uns begrüßt.

»Hoffentlich findet Herr Fischli so schnell keinen neuen Hausmeister«, hab ich zu Aki gesagt.

»Und selbst wenn«, hat Aki gemeint, »da fällt uns schon was ein, um den wieder zu vergraulen. Willst du mal meine Hausaufgabe sehen?«

»Seit wann machst du Hausaufgaben?«, hab ich gefragt.

»Seit gestern. Es hat sogar richtig Spaß gemacht.«

Aki hat seine Schulmappe geöffnet, da war aber keine Hausaufgabe drin, sondern etwas, das ziemlich gestunken hat.

»Was ist das denn?«, hab ich gefragt.

»Das ist Susi. Erkennst du sie nicht?«

»Dein Meerschwein?«

Aki hatte mal ein Meerschweinchen, das Susi hieß. Es war

im Sommer gestorben, und wir hatten es bei Aki auf dem Hof begraben. Hatte er Susi etwa wieder ausgebuddelt?

»Wir sollten doch zu Hause das Skelett von einem Tier zeichnen, und da hab ich gedacht, ich bring am besten eins mit.«

Ich war mir nicht so sicher, ob Miss Braitwhistle das gefallen würde. Aber bei ihr konnte man nie wissen.

Als wir an Felix vorbei durch das Tor gehen wollten, schnüffelte er an Akis Schulmappe und versuchte, seinen Kopf reinzustecken.

»Lass mal, Felix, Susi kannst du nicht mehr retten. Die ist schon tot«, hat Aki gesagt. Und als ob Felix verstanden hätte, zog er den Kopf zurück und ließ uns durch.

In der Klasse war schon wieder ordentlich was los. Polly und Molly hatten heute Latzhosen und gestreifte Pullis an, ihre Puppen natürlich auch, und natürlich waren sie dabei, sich die Puppen gegenseitig auf den Kopf zu hauen. »Du hast meinen Pulli an, zieh ihn sofort aus!«, schrie Molly.

»Genau, du hast meinen Pulli an, zieh ihn sofort aus!«, schrie auch Polly.

Annalisa zeigte jedem ihr Poesiealbum, das innen und außen ganz und gar rosa war. »Guckt mal, hier lasse ich Miss Bratwiesel reinschreiben, hier, wo die vielen rosa Herzchen sind.«

Max packte einen Kuchen aus und stellte ihn auf den Lehrertisch. »Meine Mutter hat gemeint, ich soll den hier für Miss Braitwhistle mitbringen, in England kennt man bestimmt keinen Bienenstich.«

»Ist er gefüllt?«, fragte Pauline mit ganz großen Augen.

»Natürlich, was denkst du denn? Mit Vanillepudding.«

»Lecker!«, rief Aki und ließ seine Mappe fallen, und Susi fiel raus, beziehungsweise das, was von ihr nach einem halben Jahr Beerdigtsein übrig geblieben war.

»Igitt!«, schrien alle und hielten sich die Nase zu.

Annalisa presste ihr rosa Poesiealbum an die Brust, als habe sie Angst, es könnte beim Anblick von Susis Leiche plötzlich schwarz werden.

Aki nahm den Tafellappen, wickelte Susi damit ein und legte sie neben den Bienenstich.

»Bestimmt freut sie sich über unsere Geschenke«, sagte er.

Wir konnten es kaum erwarten, zu sehen, wie sehr Miss Braitwhistle sich freute, aber es klingelte zur Stunde, und sie kam nicht.

»Gestern ist sie auch zu spät gekommen«, sagte Molly.

»Genau, gestern ist sie auch zu spät gekommen«, sagte Polly.

»Ja, aber da musste sie auch ein Skelett besorgen«, sagte Aki.

»Vielleicht nehmen wir in Sachkunde jetzt Elefanten durch«, meinte Clemens. »Und Elefanten sind noch schwieriger zu bekommen als Skelette, glaub ich.«

Wir überlegten noch eine Weile, was sie für uns wohl besorgen müsste, da ging endlich die Tür auf. Aber nicht Miss Braitwhistle, sondern Hugo erschien.

»Ich denke, du darfst erst wieder kommen, wenn Miss Braitwhistle weg ist«, hab ich gesagt.

Hugo hat seine Brille zurechtgerückt und ein ganz ernstes Gesicht gemacht: »Ich hab zu meiner Mutter gesagt, wenn sie mich jetzt nicht in die Schule lässt, gehe ich nie wieder!«

Donnerwetter! So kannten wir Hugo ja gar nicht.

Jetzt waren wir also vollzählig, und die Einzige, die immer noch fehlte, war Miss Braitwhistle.

Clemens und ich haben *Schiffe versenken* gespielt. Aki hat

sich Clemens' Schal ausgeliehen und versucht, Hugo damit zu fesseln, weil der gesagt hatte, Aki würde nach totem Meerschwein riechen. Annalisa las Henni die langweiligen Eintragungen in ihrem langweiligen rosa Poesiealbum vor. Pauline und Max pulten heimlich Mandeln vom Bienenstich, und die anderen taten, was sie immer tun, wenn wir auf einen Lehrer warten. Dummes Zeug. Aber komischerweise hat es nicht so viel Spaß gemacht wie sonst.

Aki hat mich angeschaut, und ich hab Aki angeschaut. »Du, ich glaub, sie kommt nicht mehr«, sagte Aki.

»Du meinst, nie mehr?«, hab ich gefragt.

Aki nickte, und mir wurde auf einmal ganz kalt.

Wieder ging die Tür auf, und wieder kam nicht Miss Braitwhistle rein, sondern Herr Fischli. Als ich sein Gesicht sah, wusste ich, dass Aki recht hatte.

Seit Felix wieder gesund war, hatte Herr Fischli ab und zu gelächelt. Heute sah er wieder so traurig aus wie vorher.

Pauline und Max zischten zurück auf ihren Platz, aber sie hätten ruhig weiter Bienenstich essen können.

»Es tut mir leid«, begann Herr Fischli. »Es tut mir wirklich sehr leid, aber Miss Braitwhistle musste ganz überraschend zurück nach England. Eine dringende Familienangelegenheit.«

Familie? Wieso hatte Miss Braitwhistle Familie? Irgendwie gefiel mir diese Vorstellung überhaupt nicht. Wozu brauchte sie Familie, sie hatte ja schließlich uns.

»Wann kommt sie wieder?«, hat Hugo gefragt. Das war die erste intelligente Frage, die er jemals gestellt hat.

Herr Fischli zuckte mit den Schultern. »Das hat sie mir leider nicht gesagt.«

Annalisa schluchzte laut auf.

»Und was wird nun aus uns?«, fragte Pauline.

Ich hab unter dem Tisch meine Hände gefaltet und gebetet: »Bitte, lieber Gott, bitte mach, dass wir nicht wieder zu Frau Sauermann müssen!«

Aki hat es gesehen und auch die Hände gefaltet, obwohl er noch nicht mal getauft ist. Doch es schien zu nützen.

»Inzwischen werde ich euch unterrichten«, hat Herr Fischli gesagt. »Für Mathematik und Sport kommt ab morgen ein junger Kollege, dann hab ich Zeit für euch.«

Das war ein kleiner Trost. Ein klitzekleiner Trost. Herr Fischli war nicht Frau Sauermann, aber er war eben leider auch nicht Miss Braitwhistle.

Jetzt erst hatte er den Kuchen bemerkt und »Der sieht aber köst–« gesagt. Das sollte bestimmt »köstlich« heißen, aber er hat eben auch Susi gesehen, und da ist ihm das »köstlich« natürlich im Hals stecken geblieben.

»Was ist das denn bitte?«, hat er gefragt.

»Das ist Susi«, hat Aki gesagt. »Also, das *war* Susi. Ich hab sie ausgegraben, weil ich dachte, Miss Braitwhistle freut sich über das Skelett.« Seine Stimme hat ganz komisch gezittert. Fing er etwa an zu weinen?

Herr Fischli hat einen Schritt vom Tisch zurück gemacht und gesagt: »Ich bin sicher, dass sich Miss Braitwhistle sehr darüber gefreut hätte. Aber da wir nicht wissen, wann sie wiederkommt, schlage ich vor, ihr begrabt Susi noch einmal, am besten da, wo die Kastanie war. Schön tief, damit Felix sie nicht wieder ausbuddelt.«

In der Pause sind wir mit Susi auf den Hof gegangen. Wir durften uns aus Herrn Pommerenkes Geräteschuppen einen Spaten nehmen. Das hätte der nie erlaubt.

Die Kastanie war schon wieder gewachsen. Inzwischen war sie schon fast so hoch wie ich. Abwechselnd haben Aki und ich gegraben, so tief, dass wir beinah am anderen Ende der Welt rausgekommen wären. Herr Fischli hat uns einen Pappkarton gegeben, da haben wir Susi reingelegt. Mit dem Tafellappen. Den hätte man eh nicht mehr benutzen können.

Dann haben wir alle dagestanden, und keiner hat was gesagt, es war so traurig wie bei einer richtigen Beerdigung.

»Was war eigentlich in Ihrem Knallbonbon, Herr Fischli?«, hat Clemens gefragt.

Herr Fischli hat die Stirn gerunzelt. »Stimmt, da war doch was.« Er hat in seine Tasche gegriffen und eine winzige Trillerpfeife aus Silber herausgezogen. »Na, das passt doch gut. Leider funktioniert sie nicht.«

Die Trillerpfeife hat genauso ausgesehen wie die von Miss Braitwhistle, aber man konnte nicht reinblasen, weil sie zu klein war.

Ich hab Aki angeschaut, und Aki hat mich angeschaut. »Vielleicht wird sie ja größer«, hab ich gesagt. »Genau wie die Kastanie.«

»Und dann bläst Herr Fischli rein«, hat Aki gesagt.

»Und dann kommt sie bestimmt zurück.«

»Wer kommt zurück?«, hat Henni gefragt.

»Miss Braitwhistle natürlich!«, haben wir alle gebrüllt. »Die fabelhafte Miss Braitwhistle!«

SABINE LUDWIG, 1954 in Berlin geboren, arbeitete nach dem Studium zunächst als Rundfunk-Redakteurin. Heute gehört sie zu den besten und erfolgreichsten Kinderbuchautorinnen und übersetzt außerdem die Bücher von Eva Ibbotson, Kate DiCamillo und anderen Autoren aus dem Englischen.

Sabine Ludwig lebt in Berlin.

ANDREA STEGMAIER lebt in Stuttgart und ist Architektin und Illustratorin für Bilder- und Kinderbücher. Neue Inspiration lauert für sie überall – und am meisten bei der Familie im eigenen Garten.

FUNNY-FANTASTISCH: SABINE LUDWIGS MISS BRAITWHISTLE!

BAND 1.
Die fabelhafte Miss Braitwhistle. 208 Seiten. Ab 8.
ISBN 978-3-7513-0035-3

BAND 2.
Miss Braitwhistle kommt in Fahrt. 208 Seiten. Ab 8.
ISBN 978-3-7513-0036-0

BAND 3.
Miss Braitwhistle hebt ab
224 Seiten. Ab 8.
ISBN 978-3-7513-0037-7

BAND 4.
Klassentreffen bei Miss Braitwhistle. 192 Seiten. Ab 8.
ISBN 978-3-7513-0038-4

BAND 5.
Klassenreise mit Miss Braitwhistle. 192 Seiten. Ab 8.
ISBN 978-3-7513-0039-1

Die 4a ist eine echte Chaos-Klasse. Nicht umsonst sagen alle A wie Albtraum. Doch dann kommt die englische Lehrerin Miss Braitwhistle und plötzlich ist Schule ganz wunderbar: Miss Braitwhistles Kreide löst Matheaufgaben, Nachsitzen wird bei ihr zur Flugstunde und zum Tee erscheint ein Pferd. Kurz vor den Zeugnissen aber ist Miss Braitwhistle verschwunden und ihre Teekanne auch …

Die lustigen und super erfolgreichen Miss Braitwhistle Geschichten jetzt mit neuen Illustrationen von Andrea Stegmaier.

DRESSLER

Auch als E-Books und als Hörbücher erhältlich. Weitere Informationen unter:
www.oetinger-audio.de und www.dressler-verlag.de